DEUTZ.

AVIS ESSENTIEL.

L'ouvrage intitulé : *La Vendée et Madame*, par le général **Dermoncourt**, souvent cité dans cette brochure, seconde édition, 1834, revue, corrigée, et considérablement augmentée par l'auteur, volume in-8° de 460 pages, chez Hyvert, libraire-éditeur, quai des Augustins, n. 55, ne doit pas être confondu avec la première édition et une seconde édition subreptice, qui n'est autre que la première, 1833, volume in-8° de 360 pages.

IMPRIMERIE DE MADAME HUZARD (NÉE VALLAT LA CHAPELLE),
rue de l'Éperon, n° 7.

DEUTZ,

OU

IMPOSTURE, INGRATITUDE

ET

TRAHISON;

Par l'auteur de La Vendée et Madame.

> .....Quid non mortalia pectora cogis
> Auri sacra fames!.................
>
> VIRG., *Enéid*...., liv. III.

PRIX, 3 FR.

PARIS,

CHEZ **DENTU**, PALAIS-ROYAL, GALERIE D'ORLÉANS.

1836.

INTRODUCTION.

Un homme que, depuis trois ans, on croyait enterré par le mépris général et sous le poids de sa propre honte, s'est avisé, il y a quelques mois, de soulever le linceul de fange sous lequel il était enseveli et oublié, pour lancer dans le public, sous le titre d'*Arrestation de Madame* (1), une apologie de l'ingratitude et de la trahison.

Il a été, dit-il, *calomnié, injurié, flétri des épithètes de misérable, de*

(1) *Arrestation de Madame*, par Simon Deutz, chez les libraires annoncés, place de la Bourse, n. 1.

traître, d'infâme (1), *les évènemens ont été travestis et dénaturés* (2); *homme de courage et d'exécution* (3), *accoutumé à marcher la tête haute* (4), *sa conscience lui crie qu'il a bien mérité du pays* (5). *Il a bravé les dangers d'une tentative périlleuse* (6). *Il a rendu au pays un service immense* (7). *Ce qu'il a fait, il le ferait encore* (8). *Et il s'écrie triomphant* : ME ME ADSUM QUI FECI.

Il paie sa dette à l'histoire (9), *il ne sollicite ni faveur ni indulgence, et demande justice et impartialité* (10).

(1) *Arrestation de Madame*, par Simon Deutz, chez les libraires annoncés, place de la Bourse, n. 1.

(2) *Idem*, page 2.

(3) *Idem*, page 20.

(4) *Idem*, page 43.

(5) *Idem*, page 72.

(6) *Idem*, page 74.

(7) *Idem*, page 3.

(8) *Idem*, page 72.

(9) *Idem*, page 70.

(10) *Idem*, pages 3 et 4.

La France, depuis plus de vingt ans, offre le spectacle d'une riche galerie d'apostats comme Deutz, enrichis comme Deutz; mais ces Nestors de la perfidie ont eu au moins assez de pudeur ou d'esprit pour ne pas soulever, par d'imprudentes apologies, des souvenirs qui fussent retombés sur eux pour les écraser.

Le pamphlet de Deutz, loin de le justifier, dévoile, au contraire, plus de turpitudes et d'infamies qu'on ne se serait imaginé d'en soupçonner; il avoue qu'il a été parjure, ingrat, homme de la police; il se fait gloire de la plus odieuse trahison, et s'écrie : ME ME ADSUM QUI FECI.

J'ai dû m'étonner que des hommes d'un noble caractère et d'un beau talent, plus intéressés que nous, par leur position, leurs précédens, leurs souvenirs et leurs opinions, à repousser les calomnies de Deutz, à prouver ses impostures, à flétrir son ingratitude, ne se soient point indignés de tant d'audace et n'aient pas voulu se donner la peine de le confondre.

Dans les mémoires que j'ai publiés sur la Vendée et Madame (1), je ne pense pas qu'on puisse m'accuser d'avoir *dénaturé et travesti les évènemens*, ni même d'être du nombre des écrivains consciencieux, mais, abusés qui se sont rendus *les échos trompeurs d'accusations mensongères* (2). Je reprends néanmoins la plume, pour donner à Deutz une nouvelle preuve de mon impartialité.

Témoin et acteur dans les évène-

(1) *La Vendée et Madame*, par le général Dermoncourt.

(2) *Arrestation de Madame*, par Deutz, page 2.

mens que j'ai rapportés quand ils étaient encore tout palpitans d'intérêt et de souvenirs, j'ai écrit, non pour les hommes qui reçoivent par le télégraphe ou par la malle-poste une opinion toute faite avec ordre de l'adopter, mais pour les hommes à l'ame élevée et au cœur droit, dont les opinions généreuses, quelle que soit la couleur de leur drapeau, se tiennent par la main et sont unies pour honorer, dans tous les partis, le courage et la loyauté, pour flétrir la lâcheté et la trahison. J'ai voulu léguer des matériaux à l'histoire, et je savais que l'indépendance, l'exactitude et l'impartialité étaient les seules conditions auxquelles elle pût les accepter.

Le service immense que Deutz prétend avoir rendu au pays n'est, en résûltat, qu'un service de police, qu'elle a dû largement récompenser, parce qu'elle avait à payer à la fois le service rendu et l'infamie de l'agent; et l'infamie de Deutz est tellement hors de nos mœurs, elle l'a marqué au front d'un si honteux et si profond stigmate, qu'on n'a pu le payer trop cher.

Si le parjure, l'hypocrisie, l'imposture, l'ingratitude, la trahison, les immoralités des services de police, les dévouemens enfin pareils à celui de Deutz, pouvaient jamais être honorés en France comme des vertus, il faudrait entourer la statue du vieil honneur français d'un voile de deuil, et attendre qu'une génération nouvelle, moins corrompue, moins lâchement égoïste, vînt rétablir son culte et relever ses autels, ou que *l'honneur, exilé de la terre, se retrouvât dans le cœur d'un roi* (1).

(1) Jean II, dit le Bon, roi de France.

DEUTZ.

I.

Naissance de Deutz. — Son origine. — Son éducation. — Il embrasse l'état de typographe. — M. Drack, rabbin et éditeur. — Il épouse la sœur de Deutz.— Abjuration de Drack. — Deutz est furieux de cette abjuration. — Il veut lui-même se convertir à la foi catholique. — M. de Damas. — M. de Quélen. — Deutz part pour Rome. — Le cardinal Capellari.— Il est présenté au saint-père. — Baptême. — Lettre de Deutz. — Hypocrisie. — Bienfaits. — Faveurs. — Deutz est logé au collége des Jésuites. — Il inspire des soupçons.— Projets d'émancipation des Juifs.— Deutz part pour New-York. — Palinodies.

Simon Deutz naquit à Coblentz en janvier 1802; juif d'origine, il fut élevé dans la religion juive.

Son père, grand rabbin, jouissant d'une honnête aisance et d'une certaine considération parmi ses coreligionnaires, se chargea lui-même de son éducation; mais les progrès de Deutz, loin d'étouffer les mauvaises dispositions dont les germes étaient en lui, ne firent que les développer plus rapidement, et son intelligence précoce lui fit sentir que l'hypocrisie devenait pour lui une nécessité de tous les instans : il commença par être hypocrite, pour être plus tard ingrat et traître.

Il n'avait que huit ans lorsqu'il suivit son père appelé à Paris en 1810, pour faire partie du grand sanhédrin convoqué par Napoléon.

Son éducation terminée à Paris par les soins de son père, Deutz, libre sur le choix d'un état, entra dans les ateliers de deux de nos plus habiles typographes et s'y fit remarquer par son intelligence et son aptitude : il y travailla jusqu'en 1827.

Ce fut là qu'il fit la connaissance de M. Drack, rabbin distingué et éditeur de divers ouvrages dont l'impression avait fini par établir entre eux des rapports intimes; en 1817, M. Drack épousa mademoiselle Sara, sœur aînée de Deutz.

M. Drack, soit calcul, soit conviction, embrassa la religion romaine en 1823 : il publia bientôt après une édition de la Bible, qui attira sur lui l'attention publique et lui mérita la bienveillance de la cour; M. le baron de Damas, gouverneur du duc de Bordeaux, lui fit d'abord obtenir une pension, et ensuite la place de bibliothécaire de son jeune élève.

Il est curieux d'entendre comment Deutz, devenu apostat lui-même et devant de la reconnaissance à son beau-frère, s'exprime aujourd'hui sur son abjuration.

« Drack, mu par des vues d'ambition, et
» cédant à l'esprit de l'époque, qui se tournait
» vers le cagotisme, abjura la religion juive
» et se fit catholique. Cette abjuration inté-
» ressée fut récompensée par la place de bi-
» bliothécaire du duc de Bordeaux, il poussa

» l'ardeur du prosélytisme jusqu'à faire éle-
» ver ses enfans dans le culte catholique.....
» Sara quitta Paris et alla se réfugier à
» Londres avec ses enfans (1)..... »

En s'exprimant ainsi Deutz oublie que ce fut par une abjuration pareille et non moins intéressée que lui-même avait obtenu plus tard des recommandations honorables et puissantes, des pensions (2), des bienfaits (3), la protection des papes Léon XII et Pie VIII; la faveur particulière du cardinal Capellari, aujourd'hui Grégoire XVI; enfin l'honneur, si vivement désiré et sollicité par lui, d'être admis près de la duchesse de Berri, de jouer un moment le rôle d'*anobli, de baron* (4), *d'ambassadeur, de conseiller, et d'ami de plusieurs têtes couronnées, et d'occuper enfin*

(1) *Arrestation de Madame*, publiée par Simon Deutz, chez les libraires associés, rue des Filles-Saint-Thomas, n° 11, près la Bourse, pag. 63 et 64.

(2) *Idem*, pag. 9.

(3) *Idem*, pag. 13.

(4) *Idem*, pag. 33.

une position dans le camp des carlistes, où sa *fortune et* son *avenir étaient*, suivant lui, *assurés* (1).

A la nouvelle de l'apostasie de son beau-frère, Deutz s'était montré furieux ; mais cette grande colère avait été calculée comme un moyen de se procurer des ressources en épouvantant par des menaces le faible Drack, qui d'abord en avait redouté l'éclat; quand elles furent poussées, cependant, à un excès de violence qui put faire craindre à Drack que ses jours mêmes ne fussent menacés, ce dernier crut devoir y mettre un terme, et il en informa la police.

Deutz alors changea de système. L'heureuse position de son beau-frère, acquise au prix d'une abjuration, lui donna, en 1827, l'envie de l'imiter. L'apostasie ouvrait une vaste et brillante carrière à son esprit d'intrigue et à son ambition; elle lui montrait un chemin

(1) *Arrestation de Madame*, publiée par Simon Deutz, page 41.

facile et sûr d'arriver à la fortune et à toutes les jouissances qu'elle procure, trop souvent à d'indignes favoris.

Il ne renonça pas aux tripots et aux maisons de débauche, mais il ne s'y glissa plus qu'à la dérobée et déguisé; il ne fréquenta plus ostensiblement que les catholiques, que les prêtres catholiques : la grâce l'avait touché!

Alors il se rapprocha de Drack, qui, toujours un peu juif, fut doublement enchanté de la conversion de Deutz et de ce que sa bourse ne serait plus exposée à de fréquentes contributions. Drack s'empressa donc de profiter de cet élan de ferveur réelle ou feinte; il mit en mouvement des protecteurs puissans. M. Damas prit un vif intérêt à une conversion que sa piété crut sincère; il s'empressa de recommander le nouveau catéchumène à l'archevêque de Paris, et de solliciter pour lui une audience; M. de Quélen, favorablement disposé par cette haute recommandation, trompé par les protestations hypocrites de Deutz et ses élans de mysticité, le reçut avec bonté, l'affermit dans son dessein, et l'invita à se rendre à Rome, assuré que l'abjuration, d'un juif, du fils d'un rabbin l'un des chefs de la synagogue, due à son zèle apostolique serait remarquée dans la capitale du monde chrétien; il le recommanda de la manière la plus pressante au cardinal Capellari, alors préfet de la propagande, et aujourd'hui pape sous le nom de Grégoire XVI.

Deutz, au commencement de l'année 1828, se mit en route, porteur de lettres de recommandations pour tous les dignitaires de la cour de Rome; ces recommandations, dans les mains d'un hypocrite aussi habile, devaient se convertir en véritables lettres de change.

Le cardinal Capellari l'accueillit avec une extrême bonté, le prit sous sa protection, et le présenta lui-même au pape Léon XII, alors régnant.

Deutz, à son arrivée, s'enferma dans un collége de cordeliers, édifia toute la maison par les dehors de piété et l'ardeur qu'il mettait à s'instruire. Le saint-père, informé de la ferveur du catéchumène et d'une vocation qui paraissait si décidée, chargea l'archevêque Ostini de le préparer à recevoir le baptême.

La conversion du fils d'un rabbin devait avoir du retentissement; Deutz fut comblé de soins et d'égards, comme un adepte à l'abjuration duquel on attachait beaucoup de prix (1).

Il remarquait, avec une joie secrète, l'intérêt et l'amour-propre que l'on mettait à sa conversion; et il se promettait bien de les exploiter aux dépens de la propagande.

Tantôt ardent catéchumène, il soupirait après les eaux du baptême, tantôt incertain, découragé, sa foi chancelait; mais les caresses et les présens dont il était comblé le remettaient vite dans la voie du salut.

(1) *Arrestation de Madame*, publiée par Simon Deutz, page 7.

Il écrivit alors (1828) : « J'ai éprouvé
» quelques jours d'orage, j'étais même sur le
» point de retourner à Paris sans le baptême,
» c'était le judaïsme expirant; mais, grace à
» Dieu, mes yeux se sont dessillés entière-
» ment et sous peu j'aurai le bonheur d'être
» chrétien (1). »

Il reçut enfin le baptême (février 1828), et le nom d'Hyacinthe; la cérémonie fut pompeuse, et eut de l'éclat dans Rome : une princesse romaine et M. le baron Mortier, premier secrétaire de l'ambassade de France, présentèrent Deutz aux fonts baptismaux; les dons pieux de la marraine et les munificences du parrain contribuèrent, au moins autant que l'eau sainte, à corroborer la foi du néophyte.

Le zèle hypocrite de Deutz pour la foi catholique et la légitimité avait retenti dans

(1) *La Vendée et Madame*, par le général Dermoncourt; deuxième édition, 1834; chez Hyvert, libraire-éditeur, quai des Augustins, à Paris. Page 329.

Rome et jusqu'à la cour de France, qui vit avec plaisir M. Mortier devenir le parrain d'un sujet aussi pieux et aussi dévoué.

Deutz n'avait point écrit à sa famille avant d'avoir reçu le sacrement de la confirmation, parce qu'il avait craint, disait-il, que les expressions de respect et de tendresse qu'il eût employées n'eussent réveillé en lui des souvenirs trop chers et ébranlé ses convictions; mais, fortifié par le second sacrement, il écrit enfin à son vieux père, qu'il a si long-temps oublié, que sa destinée et sa retraite lui sont également inconnues : « Me voilà catholique,
» mon père, grace à Dieu, depuis quatre jours;
» il était temps, j'étais tombé jusqu'au fond
» de l'abîme de l'incrédulité; car, ainsi que
» tu me l'as dit souvent, très cher père,
» qu'est-ce qu'un Dieu à qui tous les cultes se-
» raient indifférens? Qu'est-ce qu'une religion
» qui n'admettrait pas les peines et les récom-
» penses de l'autre vie?... Les eaux du bap-
» tême ont pénétré jusqu'à mon ame. Mainte-

» nant je suis si calme, si content! je ne l'é-
» tais pas depuis long-temps; tu le sais toi-
» même. Que Dieu daigne me continuer cette
» grace! Ma jeunesse a été, hélas! une des
» plus orageuses. Je te disais souvent que
» notre religion ne m'offrait aucune consola-
» tion, parce que mon cœur éprouvait le be-
» soin d'un culte d'amour. S'il est, te disais-
» je, des hommes de Dieu séparés du monde,
» je me trouverais au comble de mes vœux
» d'être de leur nombre. Maintenant, je puis
» arriver à ce que j'ai si vivement désiré, l'é-
» tat ecclésiastique..... En écrivant cette let-
» tre, je ne puis retenir mes larmes : tu es si
» vertueux, si estimable par tes qualités, et
» cependant depuis long-temps bien malheu-
» reux! Mais je suis certain que Dieu te ré-
» serve une grande récompense, et qu'il te
» rendra selon tes œuvres..... Sois persuadé
» que je ne t'ai jamais respecté autant que je
» le fais maintenant, et que dorénavant rien
» ne me coûtera pour te prouver que je

» suis ton fidèle et soumis fils, etc. (1). »

Peu de temps après, il fut admis à apporter l'hommage de sa conversion aux pieds du saint-père, qui l'accueillit de la manière la plus affectueuse; Deutz qui avait remarqué combien les flatteries, même les plus exagérées, ont de succès dans les cours, écrivait alors à Drack que l'audience qu'il avait reçue était, après son baptême, le plus beau jour de sa vie, *qu'il avait été frappé de la majesté, de la figure céleste et de la noblesse répandue dans les traits et les manières du souverain pontife....* (2)

Au Vatican comme dans beaucoup d'autres palais, la misère et le mépris sont presque toujours le partage des fidèles; les bienfaits et les faveurs sont réservés aux intrigans et aux hypocrites. Afin d'assurer une existence heureuse à son protégé, le pape lui

(1) *Madame, Nantes, Blaye, Paris,* par le baron Fortuné de Cholet; chez Hyvert, quai des Augustins, n° 55. Pages 136 et 137.

(2) *Idem*, page 138.

avait assigné, d'abord sur sa cassette, une pension de vingt-cinq piastres (125 fr.) par mois; il était logé au Collége romain chez les jésuites; plusieurs cardinaux lui accordaient leur protection; la direction de l'imprimerie papale lui avait été offerte (1).

Il s'était lié particulièrement, à Rome, avec le père Orioli, qui l'avait catéchisé, et le père Ventura, général des théatins; mais, bien qu'il affectât la même dévotion, il ne pouvait toujours et à tous les instans garder son masque; il remarqua que la froideur remplaçait insensiblement la bienveillance à son égard, qu'on avait des soupçons, et qu'il était observé; le cardinal Capellari mettait une sorte d'amour-propre à ne voir en lui que des vertus chrétiennes qu'il mettait au rang de ses bonnes œuvres; mais il pouvait, à la fin, être détrompé, s'apercevoir qu'il avait été dupe d'un hypocrite, et lui retirer sa protection.

Deutz, au moment de sa plus grande fa-

(1) *Arrestation de Madame*, par Deutz, page 9.

veur, avait pensé qu'il aurait assez de crédit pour vaincre les préjugés de Rome et obtenir l'émancipation des juifs. Ils en avaient pleinement joui pendant que les États romains formaient plusieurs départemens de l'empire français, ils y mettaient un très grand prix, et il est vraisemblable que le zèle de Deutz n'était pas entièrement désintéressé. Il avait, à ce sujet, présenté mémoires sur mémoires, observations sur observations : il fut répondu que « Rome ne ferait jamais rien pour amé» liorer la situation temporelle des juifs, et » qu'elle ferait, tout au contraire, pour le salut » de leurs ames (1). » Deutz, malgré toute sa ferveur de néophyte, parut fort peu touché de l'intérêt que Rome montrait pour le salut de ses coreligionnaires.

Sa résidence à Rome lui devint alors insupportable. Il se hâta de partir, pensant qu'il pouvait le faire encore avec honneur.

Il représenta au cardinal Capellari que, sans

(1) *Arrestation de Madame*, page 10.

manquer aux devoirs de l'humilité chrétienne, il pouvait, au lieu de vivre en quelque sorte d'aumônes, être utile à la religion sainte qu'il avait embrassée, en portant dans le Nouveau-Monde l'exemple de sa conversion.

Deutz se fait alors accorder, sur les fonds de la propagande, le paiement d'une année de sa pension, fait une pacotille de livres de piété, de reliques, de scapulaires et de chapelets bénis; se charge, suivant sa coutume, de lettres de recommandation pour les notabilités ecclésiastiques et les jésuites de New-York; puis, comblé de présens et de bénédictions du saint-père et du cardinal son protecteur, il se met en route pour aller fonder dans cette ville un établissement de librairie religieuse.

Deutz nous apprend aujourd'hui qu'il allait aux États-Unis *retremper ses principes de liberté civile et religieuse* (1). C'est avouer que le saint-père et le cardinal avaient été du-

(1) *Arrestation de Madame*, page 73.

pes de son hypocrisie et qu'il avait étrangement abusé de leur confiance et des fonds de la propagande.

Ce fut à Marseille qu'il se rendit pour trouver un passage pour les États-Unis. Le bâtiment sur lequel il s'embarqua mit à la voile le 30 juillet 1830, et le drapeau blanc flottait encore sur la ville, où chacun ignorait encore *la sublime insurrection du peuple parisien et sa révolution, œuvre de trois journées* (1).

On sera étonné, sans doute, d'entendre le protégé des jésuites, le favori du cardinal Capellari, un missionnaire, une espèce d'apôtre s'extasier sur la *sublime insurrection*, et passer en Amérique, aux dépens de la propagande, pour *retremper ses principes de liberté civile et religieuse*.

Nous ne sommes encore qu'à la première page des palinodies de Deutz.

(1) *Arrestation de Madame*, page 13.

II.

Deutz arrive à Londres. — Est recommandé aux Jésuites. — Accueilli par l'abbé de la Porte. — Chapelle des légitimistes. — Dévotion affectée. — M. Eugène de Montmorency. — Mesdames de Bourmont. — Deutz part pour Rome. — Turin. — Collége noble des Jésuites. — Massa. — Madame la duchesse de Berri. — Grégoire XVI. — Son affection pour Deutz. — Il le charge d'une mission pour l'Espagne et pour le Portugal. — Deutz gagne la confiance de la duchesse de Berri. — Il est chargé par elle d'une mission près de don Miguel. — Serment. — Madrid. — Première lettre de Deutz à M. de Montalivet. — Lisbonne. — Deuxième lettre à M. de Montalivet. — Passage à Madrid. — Lettres interceptées.

Deutz avait passé à peine un an à New-York, que l'établissement de librairie, les livres, la pacotille et les fonds de la propagande étaient dissipés. La mort du pape Pie VIII et l'avénement au trône pontifical, sous le nom de Grégoire XVI, du cardinal Capellari, son protecteur, lui donnaient l'espoir de rétablir ses affaires en retournant à Rome mettre de nouveau à contribution les fonds de la propagande et la *tendre affection* du nouveau pape.

« Londres était devenu, à cette époque, le » lieu de réunion de la plupart des légitimis- » tes qui, à la révolution de 1830, avaient fui » la France, et les chefs du parti semblaient » s'y être donné rendez-vous (1). » Aussi, ce fut vers cette capitale que Deutz, admirateur moins passionné de la *sublime révolution* et redevenu légitimiste zélé, se dirigea : il y arriva vers la fin de 1831, ruiné et sans ressources, du côté de sa famille; la faveur dont il avait joui à Rome lui avait persuadé qu'il était un personnage, et sa vanité eût été blessée de rentrer dans un atelier. L'intrigue et l'hypocrisie revinrent à son secours.

(1) *Arrestation de Madame*, page. 15.

Toujours chargé de lettres de recommandation, notamment pour les jésuites, il fut bien accueilli par M. l'abbé de la Porte, aumônier de la chapelle des émigrés, qui le recommanda à toutes les notabilités légitimistes qui se trouvaient alors à Londres : il retrouva parmi elles plusieurs personnes qui l'avaient connu à Rome, honoré de la protection particulière du cardinal Capellari, et cette circonstance ne laissa plus de doute sur la sincérité de ses opinions religieuses et politiques.

Deutz se faisait remarquer par une assiduité extraordinaire aux offices de la chapelle, priant avec ferveur, communiant fréquemment, et appelant alors les foudres du ciel contre l'*insurrection* du peuple parisien, qu'il avait trouvée sublime. Il sut fixer l'attention de M. Eugène de Montmorency, qui l'admit à sa table et même à une sorte d'intimité (1).

Deutz sut persuader à M. de Montmorency qu'il était un des plus zélés défenseurs

(1) *La Vendée et Madame*, page 332.

de la légitimité et de la religion, et ce fut plein de cette confiance que son honnête et crédule protecteur le recommanda à madame de Bourmont, lorsqu'elle partit de Londres avec ses demoiselles pour rejoindre son mari en Italie.

Deutz devait être fort heureux de trouver ainsi une occasion de voyager commodément et vraisemblablement sans dépense pour se rendre à Rome, où la faveur du saint-père l'attendait ; il spéculait aussi sur la protection de M. de Bourmont ; il dit aujourd'hui qu'il ne s'y décida que par *pure obligeance* (1).

Madame de Bourmont reçut Deutz, présenté par M. de Montmorency comme un jeune homme sage, honnête, pieux, et d'un dévouement à toute épreuve pour le parti, dont son mari était un des chefs les plus influens. Deutz s'observa pendant sa route et laissa ces dames édifiées de sa conduite et de ses attentions délicates.

Mesdames de Bourmont restèrent à Genève,

(1) *Arrestation de Madame*, page 16.

et Deutz, continuant sa route, s'arrêta à Turin. Il logea chez les jésuites, au collége des nobles. Les opinions politiques qu'il affichait étaient tellement répandues, qu'il y reçut la visite de M. le chevalier Dollery, ambassadeur étranger, et de M. Cauchy, connu par ses études scientifiques et l'exaltation de ses opinions légitimistes. Ce dernier, à la veille de partir pour Massa, où la duchesse de Berri tenait sa petite cour, l'invita à faire le voyage avec lui; Deutz, qui désirait et avait peut-être sollicité cette faveur, s'empressa d'aller mettre aux pieds de la duchesse les protestations de son dévouement à la légitimité.

Deutz a maintenant oublié, ou ne veut plus se rappeler, qu'alors il était, ou au moins se montrait, légitimiste; voici comme il rapporte lui-même la première entrevue avec madame.

« Au commencement de février 1832, je
» fus présenté à Madame, c'était la première
» fois que je la voyais, et jusque-là elle ne

» m'avait révélé son existence ni par ses bien-
» faits ni par ses injures, *nec injuriâ nec*
» *beneficio cognita*. Elle me reçut avec bien-
» veillance, me remercia avec bonté des ser-
» vices que j'avais rendus à madame de Bour-
» mont, m'adressa quelques paroles flatteu-
» ses; mais pas un mot de politique ne se mêla
» à sa conversation. Ayant appris dans le
» cours de l'audience, de M. le comte de
» Brissac, que mon dessein était de parcourir
» l'Espagne et le Portugal, elle voulut bien
» m'offrir, pour mon retour à Rome, des let-
» tres de recommandation que j'acceptai en
» m'inclinant.

» Autour de Madame et comme composant
» son ministère, se trouvaient M. le maréchal
» de Bourmont, MM. les comtes de Choulot, de
» Saint-Priest, de Kergorlay, de Mesnard et
» autres dont les noms m'échappent. Pendant
» les quatre jours que je passai à Massa, je
» les vis tous, mais sans être admis à leurs
» conseils, sans être initié au secret de leurs

» projets, et je pris congé d'eux, aussi igno-
» rant *de leurs menées et de leurs intrigues*,
» *aussi libre de ma personne et de mon opi-*
» *nion que quand j'étais arrivé* (1). »

Deutz était alors aux genoux de ces hommes dont il dit aujourd'hui qu'il ignorait les menées et les intrigues; il était le solliciteur le plus infatigable de recommandations, parce qu'alors elles étaient pour lui une condition d'existence. Ce fut à ses protestations de dévouement et aux sollicitations de M. de Bourmont, qu'il dut les lettres de recommandation de la duchesse, qui, malgré sa bonté souvent trop facile, ne les eût certainement pas accordées à un homme qu'elle voyait pour la première fois, et dont le dévouement lui eût paru suspect.

Deutz retrouva à Rome le cardinal Capellari occupant le trône pontifical. Sa sainteté avait toujours conservé les mêmes sentimens à son égard; ils étaient tels, si l'on peut s'en rapporter à Deutz, que se promenant dans le

(1) *Arrestation de Madame*, par Deutz, pages 17 et 18.

jardin du Vatican, il lui dit un jour, « *avec* » *une tendre affection: Si j'avais un fils, je* » *ne saurais l'aimer plus que vous* (1). »

Et Deutz, le *conseiller et l'ami de plusieurs têtes couronnées, le diplomate*, ne s'aperçoit pas qu'en rapportant ces paroles, sa ridicule vanité lui fait dire une énorme sottise, en rapportant quel chagrin mortel dut éprouver le saint-père, quand plus tard il apprit l'affreuse ingratitude de celui qu'il avait honoré d'une tendre affection et qu'il avait recommandé à la duchesse, comme il eût fait pour son propre fils, s'il en avait eu un.

Deutz, de retour à Rome, voulut de nouveau solliciter en faveur de l'émancipation des juifs; mais la réponse qu'il reçut lui fit sentir qu'il devenait inutile de renouveler ses tentatives.

Il reçut alors une lettre de M. de Bourmont, datée du 18 février 1832. Le maréchal, après l'avoir remercié des services rendus à

(1) *Arrestation de Madame*, par Deutz, page 18.

ses dames pendant leur voyage, la terminait ainsi : « J'ai informé Madame de vos projets » de voyage en Espagne et en Portugal; *elle* » *sera charmée de vous voir à votre pas-* » *sage, elle vous priera probablement de* » *vouloir bien vous charger de quelques* » *commissions* (1). »

Deutz communiqua cette lettre au saint-père.

« Quel ne fut pas mon étonnement, s'é- » crie-t-il aujourd'hui, de l'entendre m'engager » à prendre parti pour Madame contre Phi- » lippe !.... A peine arrivé à Massa, je m'a- » perçus que l'on cherchait à me gagner au » parti.....; on s'efforçait de m'inféoder au » carlisme (2). »

On serait touché de l'innocence et de la candeur de ce bon jeune homme, si on ne se rappelait que, depuis son retour à Londres, il n'avait cessé de jouer le rôle de légitimiste,

(1) *Arrestation de Madame*, par Deutz, pages 19 et 20.

(2) *Idem*, pages 20 et 21.

et de légitimiste exalté, pour gagner la confiance du parti. Deutz, aujourd'hui inféodé à la police, croit devoir s'exprimer ainsi; mais à Londres, à Rome, à Massa, il était très disposé à se laisser inféoder. On sait, au contraire, qu'en arrivant de Massa à Rome il avait *manifesté la joie qu'il aurait à être attaché à une princesse aussi grande, aussi bonne, aussi miraculeuse*, et que, dans son langage toujours affecté et mystique, il s'était écrié : « *Servir S. A. R. madame la duchesse de Berri sera pour moi le plus grand des honneurs, sera pour moi le ciel sur la terre;* et Deutz, à deux genoux, les mains jointes, avait prié le saint-père de l'aimer assez pour lui procurer *cette gloire céleste, cette félicité* (1).

Le pape avait le projet d'envoyer Deutz en Espagne et en Portugal, chargé de diverses missions, entre autres celle de prendre à Gênes cinq jésuites demandés par don Miguel,

(1) *Madame, Nantes et Blaye*, pages 143 et 144.

pour fonder un collége. Le saint-père pensa que Deutz pourrait en même temps être utile à la duchesse, et il le lui recommanda vivement comme un homme sûr, et capable de remplir avec intelligence les missions les plus délicates.

Ce fut sous ces auspices que Deutz se rendit à Massa; madame la duchesse de Berri lui accorda plusieurs audiences, et mit bientôt en lui la plus grande confiance.

Malgré tout le mérite que l'on supposait à Deutz et qu'il se donnait lui-même assez généreusement, n'ayant ni nom, ni rang, ni fortune, il ne pouvait jouer qu'un assez triste rôle parmi les personnes d'une condition infiniment supérieure qui formaient la petite cour de la duchesse.

Deutz ne nous ayant point appris à quel souverain de ses *amis*, ou à quelle turpitude ignorée, il avait dû son anoblissement, il est présumable que ce fut à la cour de la duchesse, que le nom de Gonzague, auquel il ajouta plus tard le titre de baron, remplaça pour la première fois le nom d'Hyacinthe-Simon Deutz, beaucoup trop bourgeois et trop mal sonnant à côté de ceux des Brissac, des Saint-Priest, des Kergorlay, etc.

D'après les missions dont il était chargé par le pape, pour l'Espagne et le Portugal, Deutz devait loger dans les couvens. La duchesse craignit que ce ne fût un peu faute d'argent, et il lui était assez difficile d'en donner en ce moment. «Elle avait, d'ail-
» leurs, une telle idée de la discrétion et
» de la délicatesse de Deutz, il avait su lui
» inspirer tant d'intérêt, qu'elle dit un jour à
» l'un des Français qui étaient près d'elle :
» Je crains que ce pauvre Deutz n'ait besoin
» d'argent; je n'en ai pas moi-même en ce
» moment, et il est si délicat que je n'ose lui
» donner à vendre ce bijou, qui vaut, je crois,
» 6,000 fr.; faites-moi le plaisir de le vendre
» vous-même, et de lui en donner l'argent,
» sans lui dire surtout ce que je suis obli-

» gée de faire moi-même pour m'en procu-
» rer (1). »

Nous rapportons ce fait pour faire connaître les intentions bienveillantes et généreuses de la duchesse pour Deutz, mais sans assurer qu'elles ont reçu leur exécution.

Deutz, *conseiller et ami de plusieurs têtes couronnées*, au nombre desquelles il comptait sûrement la princesse régente au nom de Henri V, a imprimé qu'il ne devait *ni bienfait ni faveur* à la duchesse, *que pendant sept mois qu'il avait parcouru pour elle l'Italie, l'Espagne et le Portugal, il n'avait pas même réclamé d'elle ses frais de voyage, moins* 500 *fr. reçus chez M. Jauge* (2). Il a oublié que le premier objet de son voyage en Espagne et en Portugal était de s'acquitter de diverses missions dont il avait été chargé par le saint-père, et que par ce motif il devait loger et a effectivement logé dans les cou-

(1) *La Vendée et Madame*, page 334.

(2) *Arrestation de Madame*, par Deutz, page 63.

vens : il a oublié que, parti de Massa dans les premiers jours d'avril, il avait trahi la duchesse le 1er juin, en écrivant à M. de Montalivet, et que par conséquent ces sept mois de services se réduisaient au plus à sept semaines; mais il n'a rien oublié de tout ce qu'il a pu supposer avoir droit de réclamer. Quels services a-t-il rendus à la duchesse en Espagne et en Portugal ? Il l'a trahie, et il se fait payer 500 fr. chez M. Jauge, au moment où il arrive en France pour la livrer !

Dans la dernière audience de la duchesse, « elle me remit, dit Deutz dans sa brochure, » des *lettres de recommandation* pour l'infante » dona Louise-Charlotte et pour la reine » d'Espagne, ses sœurs ; en même temps *fa-* » *veur inespérée que je n'avais ni sollicitée,* » *ni enviée,* elle y joignit quelques lignes au- » tographes qui m'accréditaient comme son » plénipotentiaire auprès de don Miguel.... » Me voilà donc, bon gré mal gré, diplomate » et jeté sans le vouloir, presque sans le savoir,

» dans la voie des intrigues des cours (1)!... »

Nous avons déjà fait mention d'une lettre écrite par M. de Bourmont, le 18 février, et que Deutz avait communiquée au saint-père ; elle finissait par ces mots : « *J'ai informé » Madame de vos projets de voyage en » Espagne et en Portugal;* elle sera charmée » de vous voir à votre passage ; *elle vous » priera probablement de vouloir bien vous « charger de quelques commissions* (2). » La duchesse pouvait profiter d'une pareille occasion pour écrire à ses sœurs, et charger Deutz, à son passage à Massa, d'une mission secrète pour don Miguel ; mais ce n'est point ainsi qu'elle eût envoyé un plénipotentiaire. Deutz ne fut ni reçu, ni traité, ni accrédité comme tel à Lisbonne, où il ne put obtenir une audience du prince qu'au bout de plusieurs semaines d'attente (3).

(1) *Arrestation de Madame*, page 21.
(2) *Idem*, page 20.
(3) *Idem*, page 34.

Deutz quitta Massa dans les premiers jours d'avril, accompagné de M. le comte de Choulot. A une lieue environ de la ville, dans une vallée plantée d'oliviers, il prêta un serment dont il a conservé et donné lui-même la formule : « *Je jure de faire tout ce qui sera en » mon pouvoir pour le maintien et le réta- » blissement de la légitimité, et reconnais au » membre de la régence établie pour Madame » le droit de prendre ma vie, au cas de tra- » hison de ma part.* En prêtant ce serment, » ajoute-t-il, je songeais déjà à préserver mon » pays des malheurs de la guerre civile et » de l'invasion étrangère..... (1) »

Deutz avait sûrement appris, chez les jésuites, qu'un serment est sans valeur, *s'il a été prêté sous l'empire de fausses impressions.*

Deutz toucha à Gênes pour prendre les jésuites destinés pour Lisbonne, et débarqua avec eux à Barcelone ; il apprit dans cette ville le débarquement de la duchesse dans les

(1) *Arrestation de Madame*, page 26.

environs de Marseille et l'insuccès de cette tentative (1).

Cet échec lui fit faire de profondes réflexions pendant le voyage de Barcelone à Madrid ; il commença à ressentir alors une sorte de sympathie, quelques velléités *de dévouement pour le trône de juillet* (2), et à soupçonner dans le parti légitimiste *un irréconciliable ennemi de nos libertés* (3).

Il avait fait un serment, mais tant de gens s'étaient moqués de leurs sermens ! et s'ils n'en étaient pas plus honorables, ils n'en étaient pas moins honorés.

L'insuccès de la tentative de la duchesse sur Marseille alarma Deutz sur sa position, son ambassade, son avenir, et chargea de nuages l'horizon brillant qui s'était ouvert devant lui ; cet échec cependant ne lui paraissait point encore assez décisif pour qu'il dût

(1) *Arrestation de Madame*, par Deutz, page 30.
(2) *Idem*, page 61.
(3) *Idem*, page 3.

abandonner ouvertement le parti auquel il s'était montré si dévoué. Il se rappela peut-être qu'une de nos plus hautes illustrations avait dit qu'en politique il fallait avoir plus d'un manteau, et crut devoir attendre que les évènemens se fussent plus nettement dessinés, avant de voler au secours du parti vainqueur. Il résolut donc de suivre sa mission de manière à mériter des éloges de son dévouement aux intérêts de sa majesté très chrétienne Henri V (1), en se mettant secrètement en mesure d'en mériter de pareils du gouvernement de Louis-Philippe.

L'ambassadeur de Madame, voyageant lentement, avec le plus modeste équipage, plutôt comme un commis-voyageur que comme un plénipotentiaire, et logeant dans les couvens, fit peu de sensation à son passage à Madrid, il eût pu même y rester entièrement inaperçu; mais on le vit tout à coup se lancer au milieu des légitimistes français et des apostoliques

(1) *Arrestation de Madame*, par Deutz, page 35.

espagnols, à la tête desquels marchaient don Carlos, son épouse, et la princesse de Beyra, sœurs de don Miguel, entourés de toutes les sommités du parti, l'évêque de Léon, les capitaines-généraux comtes d'Espagne et de Fumar, etc.

La duchesse avait chargé Deutz d'une lettre autographe pour la reine sa sœur : comme on la lui peignit *entachée de libéralisme, ennemie des jésuites, et rêvant même l'abolition de l'ordre* (1), il ne la vit pas; mais il fit sa cour à don Carlos, que peut-être il met aujourd'hui au nombre des têtes couronnées dont il a été le conseiller et l'ami (2). Il en agit même en ami avec le prince, en lui empruntant de l'argent (3); puis, s'enfermant chez lui, il écrivit à M. de Montalivet (1er juin 1832), pour *l'informer de la mission qu'il tenait de la duchesse et se mettre tout entier à la dis-*

(1) *Arrestation de Madame*, par Deutz, pages 30 et 31.

(2) *Idem*, page 41.

(3) *La Vendée et Madame*, par le général Dermoncourt, page 334.

crétion du gouvernement (1). Deutz nous affirme dans sa brochure que, *s'il avait voulu se vendre, un ministre n'aurait pas été assez riche pour l'acheter* (2), et qu'en écrivant à M. de Montalivet *il sacrifiait à sa conviction de citoyen son intérêt d'homme* (3) ; mais on peut croire *qu'en faisant connaître la mission que lui avait confiée la duchesse, et se mettant ainsi à la discrétion du ministre des fonds secrets*, c'était une sorte d'appel qu'il lui adressait, comme il venait d'en faire un à la cassette de son *ami* don Carlos.

Deutz n'en continua pas moins ses fonctions de plénipotentiaire *quand même*, et partit pour Lisbonne; il n'obtint qu'une seule audience de don Miguel, et au bout de plusieurs semaines d'attente: la dignité du plénipotentiaire aurait pu s'en offenser, mais, en courtisan habile, il profita de ce retard, pour se rendre plus agréa-

(1) *Arrestation de Madame*, par Deutz, page 33.
(2) *Idem*, page 41.
(3) *Idem*, page 34.

ble au prince, en se présentant devant lui la barbe longue tressée à son imitation.

Nous avons dit que Deutz, en prêtant serment à la légitimité, avait, par une restriction mentale, *songé à préserver son pays des malheurs de la guerre civile et de l'invasion étrangère*; maintenant, si l'on pouvait s'en rapporter à lui, il serait allé *solliciter de don Miguel un secours d'hommes et d'armes* (1), *pour attirer sur son pays les malheurs de la guerre civile et de l'invasion étrangère.*

La duchesse ne voulait de secours ni en hommes, ni en armes de don Miguel, qui lui-même, en ce moment, n'en avait pas assez; le seul objet de la mission de Deutz était un emprunt.

Il mit tant de zèle à s'acquitter de sa mission, que l'archevêque d'Evora, ministre de l'instruction publique, crut devoir lui adresser, au nom de son maître, la lettre suivante :

(1) *Arrestation de Madame*, par Deutz, page 34.

« Monsieur, je suis dans l'impacience de
» vous communiquer au plutôt, ce que S. M.
» très fidèle m'a dit au sujet de vous et de vo-
» tre mission.

» Sa Magesté est charmé de votre noble
» assurance et de votre dévouement aux in-
» térêts de S. M. três chretienne. . . . .
» . . . . »

« A Lisbonne, 31 août 1832. »

Suscription : « A ill^{mo} Jacinto Deutz, meu
» amico (1). »

L'illustrissime Deutz, ami de l'archevêque d'Evora, avait été spécialement chargé par la duchesse de s'entendre avec don Miguel sur les conditions d'un emprunt projeté entre eux : le succès de cette négociation était vivement désiré par don Miguel, par Madame et surtout par le négociateur; il ne put avoir lieu, et le résultat de la mission de Deutz se réduisit à des assurances de dévouement entièrement insignifiantes.

(1) *Arrestation de Madame*, par Deutz, page 37.

Les revers de la duchesse étaient alors bien connus à Lisbonne. Plusieurs officiers légitimistes, qui avaient combattu dans la Vendée, aux affaires de la Carateric, de Maisdon, du Chêne, de la Pénissière, de Riaillé, et s'étaient réfugiés en Portugal, avaient pu assurer à Deutz que, depuis le 6 juin 1832, tous les rassemblemens avaient été dispersés, les chefs, en majeure partie, émigrés; et que la duchesse, elle-même, après avoir mené une vie errante, poursuivie par les patrouilles, déguisée tantôt en paysanne, tantôt sous les vêtemens d'homme les plus grossiers, changeant de gîte chaque nuit, choisissant pour asile les plus misérables chaumières, parce qu'elle s'y croyait plus en sûreté, s'était enfin réfugiée dans Nantes, le 9 juin, où elle se tenait cachée, et que sa cause était entièrement abandonnée et perdue (1).

Ce ne fut cependant que vers la fin d'août, lorsque l'espoir que Deutz fondait sur la né-

(1) *La Vendée et Madame*, page 417.

gociation de l'emprunt fut tout à fait évanoui, lorsque les revers de Madame dans la Vendée furent bien constatés et reconnus irréparables, qu'il songea sérieusement à transporter au trône de juillet le dévouement qu'il avait jusque-là montré pour les intérêts de Henri V, et qu'il fit ses dernières dispositions pour rendre à la France *l'immense service*.

Il s'avise alors que *la Vendée est en feu, que le jour de l'insurrection générale est fixé, que l'invasion étrangère doit venir en aide à la guerre civile; il ne voit que le salut de la France, il sacrifie sa brillante position* (d'ambassadeur, de diplomate, de conseiller et d'ami de plusieurs têtes couronnées, sa noblesse) *et ses espérances plus brillantes encore; il brave les dangers d'une tentative périlleuse et les poignards de la légitimité* (1); il écrit de nouveau à M. de Montalivet pour lui dévoiler ce qu'il sait, et ne sait pas, des plans et des projets de

(1) *Arrestation de Madame*, par Deutz, page 74.

Madame et de ses partisans qui tous étaient alors dispersés, cachés ou fugitifs, et il termine sa lettre par ces mots : « Il n'y a qu'un » moyen de délivrer la France de l'anarchie » et de la guerre civile, ce moyen, c'est l'arres- » tation de Madame; il n'y a qu'un homme ca- » pable d'y réussir; cet homme, c'est moi (1). »

Vidocq n'eût pas mieux dit.

M. de Montalivet ne dut pas être moins émerveillé de *sa noble assurance et de son dévouement à Louis-Philippe*, que sa majesté don Miguel, de *sa noble assurance et de son dévouement aux intérêts de S. M. très chrétienne.*

Ces deux dévouemens étaient exprimés à la même époque (août 1832) : Deutz, n'obtenant pas de réponse de M. de Montalivet, soupçonne une trahison (2), et il se décide à partir pour Paris.

« Ce voyage n'était pas sans périls, dit-il, » mais j'avais déjà bravé tant d'autres dan-

(1) *Arrestation de Madame*, par Deutz, page 37.

(2) *Idem*, page 38.

» gers !......... » Nous avons de la peine à nous rendre compte de ces dangers ; agent du saint-père, ambassadeur de Madame, vendu à la police française, enfin homme à trois visages, Deutz en avait toujours un à présenter à chaque parti.

Avant de partir pour Paris, Deutz se mit à la recherche de toutes les dépêches des légitimistes, qui pourraient servir à l'exécution de son projet d'arriver jusqu'à la duchesse pour la trahir et la livrer; et il s'en chargea officieusement en protestant de son entier dévouement à sa cause.

En repassant à Madrid, il se chargea encore avec un zèle officieux des dépêches des légitimistes et leur emprunta de l'argent : une partie des lettres adressées directement à la duchesse devaient être laissées, à Bordeaux, à des personnes qui avaient les moyens de les faire parvenir promptement et sûrement; Deutz ne les remit pas, et nous verrons plus loin le parti qu'il en tira.

III.

Arrivée à Paris. — M. de Montalivet. — M. Thiers. — M. Joly. M. Maurice Duval. — Nantes. — Deutz, espion. — Son portrait. — Première audience de la duchesse. — Arrestation manquée. — Le projet de soulèvement général et l'invasion étrangère sont des inventions mensongères de Deutz.

A son arrivée à Paris, Deutz courut au ministère de l'intérieur, et M. de Montalivet le reçut; mais il apprit, à son grand étonnement, que sa dernière lettre, la plus explicite, celle qui se terminait par ces mots : « Il n'y a qu'un » homme capable d'y réussir; cet homme, » c'est moi, » n'avait point été transmise par M. de Rayneval.

Deutz se vit obligé de renouveler, de vive voix, les propositions qu'il avait adressées par écrit. Il répéta qu'il agissait par conviction et non par intérêt : il ne se vendait pas ; il voulait rendre un service immense et sauver le pays de la guerre civile. Le ministre parut apprécier l'importance du service, et ajouta : « *Quelle que soit la récompense que vous demandiez, je puis vous dire d'avance qu'elle vous sera accordée* (1) ; » il congédia Deutz en lui disant : « *Nous nous reverrons.* » Le lendemain ou le surlendemain, M. de Montalivet céda le porte-feuille de l'intérieur à M. Thiers.

Deutz avait entamé la négociation avec M. de Montalivet, qui paraissait avoir apprécié le *service immense*, il voulait la terminer avec lui ; il fallut que ce ministre, pour se débarrasser de l'insistance de son Judas, le prît dans sa voiture et allât le jeter dans le cabinet de M. Thiers.

(1) *Arrestation de Madame*, pages 40 et 41.

M. Thiers, en arrivant au ministère, sentait le besoin de rendre sa nomination plus populaire, et de gagner une partie de la chambre des députés; il crut arriver à ce double but en traitant avec Deutz.

Deutz assure que, dans ses conférences avec M. Thiers, il ne fut nullement question d'argent, mais qu'il exigea la promesse que « *Ma-*
» *dame ne serait, sous aucun prétexte, li-*
» *vrée aux tribunaux; qu'aucun légitimiste*
» *ne serait arrêté, par suite de ses rapports*
» *avec lui; et que M. de Bourmont, en par-*
» *ticulier, pourrait, sans être inquiété, quit-*
» *ter la Vendée et la France.* »

Ces conditions ne durent guère embarrasser M. Thiers, directeur suprême de cette haute police, qui, comme on sait, en agit assez sans façon avec la légalité.

Les gens qui voudraient absolument ajouter foi à la véracité de Deutz pourraient croire que ce sont là les seules conditions qu'il ait faites, et qu'il n'a point demandé d'argent;

mais croiront-ils qu'il n'en a pas reçu, quand il ne le dit, et n'ose le dire nulle part dans sa brochure, bien que ce fût pour lui une nécessité de le dire et de l'affirmer, puisqu'on l'accusait *d'avoir ramassé dans la boue le honteux salaire de sa perfidie?*

Ceux qui ne verront dans Deutz qu'un intrigant habile, en entendant un ministre parler de l'action de Deutz, comme d'un service pour lequel il n'était point de prix, ni de récompense qui ne dût être accordée, penseront que Deutz, ainsi que beaucoup de gens habiles et intrigans comme lui, que nous voyons se vendre tous les jours, aura trouvé, dans ces paroles, une promesse assez explicite, un engagement assez positif, pour ne pas mettre lui-même de prix à un service dont la récompense était assurée.

Enfin, ceux qui penseront qu'on peut s'en rapporter à un homme qui mérite quelque crédit, et qui a prouvé, d'ailleurs, qu'il était très bien informé, croiront M. Jauge, qui prévenait

la duchesse « *de se tenir sur ses gardes,*
» *parce qu'il savait, de source certaine, qu'un*
» *homme, qui avait toute sa confiance, l'a-*
» *vait trahie et vendue à M. Thiers pour un*
» *million* (1). »

Deutz a vu cette lettre, en a entendu la lecture, il en cite le contenu, et ne dit pas, n'ose dire qu'il n'a rien reçu. Les éloges qu'il donne à M. Thiers, à M. Maurice Duval et à M. Joly prouvent, d'ailleurs, que Deutz a conservé pour eux une bien vive reconnaissance.

Un matin, M. Thiers présenta à Deutz, dans son cabinet, un homme de bon ton, de belles manières, s'exprimant avec facilité, portant un ruban rouge à sa boutonnière, dévoué comme lui (Deutz), disait le ministre, au gouvernement de Louis-Philippe, et qui déjà avait eu l'occasion de rendre plus d'un service à la nouvelle dynastie : cet homme était M. Joly, que Deutz ne savait pas, dit-il, être

(1) *Arrestation de Madame*, page 55.

attaché à la police, et qui (ce n'est pas du tout exact), *sous la restauration, avait arrêté l'assassin du duc de Berri* (1).

M. Joly était le mentor désigné par M. Thiers, pour diriger le zèle et l'inexpérience de Deutz.

Le département de la Loire-Inférieure était alors administré par un homme que son honorable caractère et sa probité politique avaient fait estimer de tous les partis. On redouta, peut-être, les répugnances qu'il éprouverait pour Deutz. M. de Saint-Aignan apprit sa destitution le 19 octobre : le nouveau préfet, M. Maurice Duval, escorté de tous les souvenirs de Grenoble, était à Nantes le 20; et Deutz, arrivant le 22 par le bateau à vapeur d'Angers, put entendre les derniers sons d'un charivari-monstre donné à M. Duval à son arrivée, et que l'enthousiasme de plusieurs milliers de concertans avait fait durer trois jours.

(1) *Arrestation de Madame*, page 44.

Deutz, agent de la police, ne devait pas manquer de passe-ports, et peut-être, selon l'usage des autres agens, ses collègues, en avait-il plusieurs. Celui qu'il fit voir à Nantes était ancien, et signé du cardinal Bernetti, et délivré pour Hyacinthe de Gonzague.

Ces noms, enrichis d'une particule, ces noms devenus maintenant historiques, bien plus sonores que le nom bourgeois de Simon Deutz, étaient ceux dont s'était servi le soi-disant anobli, le baron, le défenseur zélé de la religion et de la légitimité, le pieux commensal des couvens, l'ami des jésuites, le protégé des cardinaux, le favori de Grégoire XVI, le serviteur fidèle de la duchesse, le plénipotentiaire, le conseiller et l'ami de plusieurs têtes couronnées, pour abuser de la confiance des légitimistes, surprendre leurs secrets, intercepter leurs lettres, et empocher leur argent; Deutz le reprenait à Nantes pour découvrir la retraite de sa bienfaitrice, et pour la livrer.

M. Joly attendait Deutz à la descente du bateau, il le suivit discrètement jusqu'à l'hôtel de France; et là, le prenant à l'écart, il lui annonça qu'il était attendu, le soir même, à la préfecture.

Deutz remit à M. Joly, sur sa demande, un paquet contenant vingt-six lettres adressées à Madame; une partie au moins de ces lettres étaient celles dont il s'était chargé à Madrid, et qu'il avait OUBLIÉ de *laisser à Bordeaux, comme on le lui avait recommandé, pour être de là adressées, en toute sécurité, à la duchesse* (1).

Il est très vraisemblable que, sur la remise de ces lettres, Deutz reçut un fort à-compte sur le prix de sa trahison. Dès ce moment, il fut sévèrement surveillé. Venu à Nantes par la voie économique du bateau d'Angers, il en repartira dans une chaise de poste, emportant beaucoup d'argent.

On n'ose pas dire, on ose à peine penser

(1) *La Vendée et Madame*, page 336.

qu'un cabinet noir ait été établi à Nantes par les soins de M. le préfet, et que le secret de ces lettres ait été violé; mais on ne sait comment on découvrit *que la plupart de ces lettres étaient du roi Charles X, des membres de sa famille, de plusieurs princes étrangers, et notamment du prince d'Orange, qui se mettait à la disposition de Madame*, etc. (1).

Deutz, en passant à Paris, avait eu plusieurs conférences avec M. Thiers; mais, en sortant des audiences du ministre, il n'en avait pas été moins empressé qu'à Lisbonne et à Madrid à offrir ses services aux légitimistes, en se chargeant de leurs dépêches pour la duchesse. M. Jauge lui avait donné quelques commissions pour madame P....., sa parente, qui habitait Nantes. Deutz s'en était chargé avec d'autant plus de joie, qu'il y avait trouvé un moyen d'être reçu sans défiance par cette dame, et d'y flairer la retraite de Madame, dont il savait que M. Jauge possédait la con-

(1) *Arrestation de Madame*, page 45.

fiance. En attendant l'heure de son rendez-vous à la préfecture, il alla *faire visite* à madame P..... Maintenant que Deutz est agent de la police, on devine le but de ses visites. Ayant informé cette dame qu'il avait des lettres pour la duchesse, elle lui offrit ses services.

Deutz avait ajouté que les dépêches dont il était chargé avaient une telle importance, qu'elles ne lui avaient été confiées qu'à la condition d'être remises par lui seul, et à la duchesse même; qu'il était favorablement connu de Madame, et qu'il ne doutait pas qu'au nom d'Hyacinthe elle ne fût disposée à le recevoir. Ayant pris congé de cette dame, il courut à son rendez-vous, chez le préfet, et l'informa de la visite qu'il avait faite à madame P....., ainsi que de l'entretien qu'il avait eu avec elle.

Le préfet n'avait point encore eu le temps d'ordonner quelques mesures indispensables au succès de l'évènement qui se préparait; il avait encore besoin de deux ou trois jours, pendant lesquels il donna le conseil à Deutz de visiter les environs (1).

La duchesse fut informée de l'arrivée de Deutz à Nantes, et du désir qu'il avait témoigné de lui remettre lui-même des dépêches; mais, soit qu'elle craignît un piége de la police, ou qu'un autre qu'Hyacinthe ne se présentât sous son nom, elle refusa de le recevoir, à moins qu'il ne confiât d'abord ses dépêches à une personne qu'elle lui désignerait. Deutz refusa, fit répondre qu'il s'absentait pour quelques jours, et qu'à son retour il aurait, avec l'espoir d'être plus heureux, l'honneur de solliciter de nouveau une audience de Madame (2).

En annonçant ce petit voyage, Deutz calculait que l'inquiétude et la curiosité ne produiraient pas moins d'effet sur le caractère impa-

(1) *Arrestation de Madame*, page 46.

(2) *La Vendée et Madame*, page 347.

tient de la duchesse qu'une nouvelle instance de sa part.

Deutz partit pour Paimbœuf avec M. Joly; l'un se faisant passer pour un propriétaire qui cherche des terres à acheter, l'autre pour un arpenteur-géomètre. M. Joly, dans ce voyage, tint son Deutz en laisse, et ne le quitta pas plus que son ombre.

Au bout de trois ou quatre jours, au plus, les deux inséparables, Joly et Deutz, étaient de retour à Nantes; la surveillance de M. Joly sur Deutz s'explique par l'importance de la somme que déjà Deutz avait reçue.

A leur arrivée, le préfet leur fit part d'un avis du ministre, qui, trompé par le rapport d'un imbécille, ou dupe d'une mystification, l'informait que le *comité carliste de Paris avait résolu, à l'unanimité, de faire assassiner Deutz* (1). L'absurdité d'un pareil conte est évidente. Ce comité de carlistes était-il donc composé de cannibales, pour *voter* ainsi

(1) *Arrestation de Madame*, page 47.

un assassinat à l'unanimité? Si, d'ailleurs, ce comité ne connaissait pas le traître, comment pouvait-il le faire assassiner ? S'il le connaissait, ne suffisait-il pas de faire parvenir son nom et son signalement à la duchesse? La lettre adressée à la duchesse par M. Jauge prouve qu'on savait, à Paris, qu'un traître devait la livrer, mais que le nom de ce traître n'était pas connu.

Deutz alla trouver M. l'abbé A...., curé de Saint-Pierre, le croyant un des intermédiaires les plus sûrs entre Madame et ses agens. « Mais » il me reçut fort mal, s'écrie Deutz, me » traita d'envoyé du gouvernement, et s'oublia » jusqu'à m'injurier (1). »

En effet, quand l'abbé A..... traitait Deutz d'envoyé du gouvernement, c'était bien lui dire qu'il n'était qu'un espion, un traître, un misérable; mais Deutz avait-il le droit de s'offenser? Il opposa, dit-il, aux injures, des raisons assaisonnées d'un peu d'ironie : on ne

(1) *Arrestation de Madame*, page 47.

peut guère deviner quelles raisons il put opposer; mais plaisanter sur sa bassesse et son ingratitude était le dernier degré de l'avilissement.

Deutz ne fut pas beaucoup mieux reçu quand il retourna chez madame P.....; elle consentit néanmoins à se charger de ses lettres pour les faire parvenir, par l'intermédiaire de madame de la Ferronnays, supérieure de la Visitation; mais cette dame refusa.

Deutz, rentré à l'hôtel de France, remarqua que les demoiselles de la maison, toutes trois jeunes, avec lesquelles il a causé et plaisanté souvent, ne lui font plus le même accueil : chez deux des sœurs, c'est un froid dédain; chez la cadette, plus rieuse, plus franche, plus indiscrète, c'est de la moquerie. Deutz, assez dégradé pour rire de ce dont il aurait dû rougir, veut absolument connaître la cause du changement qu'il a remarqué : il presse gaîment de questions la jeune étourdie.

— « Vous voulez savoir ce que nous pen-
» sons de vous?

— » Je le désire.

— » Vous ne vous fâcherez pas? Eh bien!
» nous pensons que vous êtes employé par la
» police.

— » La police, vraiment oui; je suis donc
» de la police; pardieu, l'idée est charmante :
» j'appartiens à la police, à la haute police!
» n'est-ce pas, mademoiselle, que j'appartiens
» à la haute police?

— » Je ne dis pas non.

— » Mais je suis peut-être un des agens
» de la police étrangère; je suis en France
» pour don Pédro, pour Léopold, pour les
» Polonais; si le duc de Reichstadt n'était
» pas mort, je serais sûrement et infaillible-
» ment pour le duc de Reichstadt; mais, à
» propos! j'appartiens aussi à la police de
» madame de Berry....

— » Je ne dis pas non (1). »

(1) *Madame, Nantes*, etc., pages 167 et 168.

Alors Deutz se prend à rire, mais d'un rire tellement forcé, qu'on peut remarquer qu'il n'en a pas plus de raison que d'envie. Il se retire enfin en disant : L'espion va se coucher.

En effet, l'espion alla se coucher, mais la rage dans le cœur; il était démasqué, et il en était si persuadé, qu'il aurait voulu pouvoir reprendre la route de Paris, quand le lendemain, se promenant en face de l'hôtel de France, il fut abordé par une dame qui lui dit, sans s'arrêter :

— « Je crois que c'est vous que je cher-
» che; n'êtes-vous pas M. de Gonzague?

— » Oui; eh bien?

— » Béni soit Dieu! Madame P..... vous
» attend avec impatience; allez la voir de
» suite (1). »

Deutz courut chez madame P....., qui s'excusa d'abord de sa méprise, et lui en expliqua la cause : « Une lettre récente de Paris avait
» averti Madame qu'un jeune homme de trente

(1) *Arrestation de Madame*, page 49.

» à trente-deux ans, secrétaire d'une notabi-
» lité légitimiste, s'était vendu au gouverne-
» ment, et allait partir pour la Vendée. Cet
» avertissement, transmis par madame à ses
» amis, avait éveillé leurs soupçons et re-
» doublé leur vigilance.

» Lorsque je me présentai, ajoute Deutz, je
» fus pris pour ce secrétaire transfuge (1). »
On pouvait, en effet, se tromper à moins, et le secrétaire de la notabilité légitimiste vendu au gouvernement avait, avec Deutz, une ressemblance hideuse.

Enfin, madame P..... lui annonça que la duchesse avait témoigné le désir de le voir, et que madame la supérieure de la Visitation ne refusait plus de se charger de sa correspondance.

Deutz la remit, en ajoutant qu'il a bien d'autres choses à communiquer à Madame, mais qu'elles touchent à des points si délicats et commandent une telle discrétion, qu'on

(1) *Arrestation de Madame*, page 48.

ne peut absolument les confier au papier.

Ces paroles sont rapportées à Madame, en lui remettant les dépêches, et ne paraissent plus pouvoir laisser de doute sur l'identité de Deutz. Elle fait néanmoins quelques questions sur le physique de la personne, et le portrait qu'on lui en fait est bien celui de Deutz : taille moyenne, teint basané, cheveux noirs et crépus, yeux vifs, petits et enfoncés, vue basse, portant des conserves, bouche grande, lèvres épaisses, affectant de montrer sa main (1). C'est bien son Hyacinthe de Rome. Elle fut sa bienfaitrice, elle se rappelle avec attendrissement les expressions employées par Deutz, quand il suppliait le saint-père de le placer près d'elle, quand il s'était écrié, dans son enthousiasme, que *servir sa bonne, sa grande, sa miraculeuse duchesse serait, pour lui, le plus grand des honneurs, le ciel sur la terre.*

Tout ce qu'elle avait appris de lui, depuis cette époque, paraissait attester sa reconnais-

(1) *Madame, Nantes*, etc., page 156.

sance et la sincérité d'un pareil dévouement; la duchesse se serait accusée d'ingratitude, en élevant des soupçons sur Deutz.

Elle s'empressa de lui adresser, de sa propre main, l'indication d'une audience pour le mercredi 28 octobre, à six heures du soir : « Un homme auquel vous pouvez vous con- » fier, ajoutait-elle, viendra vous prendre à » cette heure, et vous servira de guide auprès » de moi (1). »

A la réception de ce billet, Deutz courut se concerter avec MM. Duval et Joly. « Il fut » convenu entre nous, dit-il, que ce der- » nier, avec quelques gens apostés non loin » de mon hôtel, me suivrait à distance, mais » pourtant sans me perdre de vue, et que » six cents hommes, consignés dans leur ca- » serne, l'arme au bras, se tiendraient prêts » à marcher au premier signal. Ces mesures » arrêtées, j'attendis le 28 (2). »

Deutz prétend que, le 28, à sept heures,

(1) *Arrestation de Madame*, page 50.
(2) *Idem*, page 50.

M. Duguigny vint le chercher, lui donna le bras, et le conduisit chez Madame (1).

Deutz fait ici un mensonge dont on ne peut deviner le motif; car il paraît avoir peu d'importance : Deutz fut conduit en voiture chez mademoiselle Duguigny, et toutes les précautions furent prises par son introducteur, pour qu'il ne pût reconnaître ni la rue, ni le lieu de l'entrevue (2).

Deutz ne prend pas le soin de cacher toute l'atrocité de sa perfidie. Voici comment il raconte lui-même l'accueil qu'il reçut de la duchesse : « Je n'aperçus d'abord que M. le » comte de Mesnard, auquel je demandai » Madame; elle m'entendit, car à l'instant » elle sortit de derrière une cloison, en me » disant : *Me voici, mon cher Deutz*. A ces » mots prononcés avec bienveillance, je me » sentis faillir; un nuage s'étendit sur mes » yeux, et je me trouvai mal : alors, avec cette

(1) *Arrestation de Madame*, page 50.

(2) *La Vendée et Madame*, page 348.

» bonté qui lui était naturelle, Madame » m'approcha elle-même une chaise, en ajou- » tant : *Remettez-vous, mon cher ami.*

» Ce ton, cet accent, cette prévenance, me » pénétrèrent, et je me surpris un moment » élevant des doutes sur la nécessité de son ar- » restation. Mais dans le cours de la conversa- » tion, qui *dura trois heures,* l'un des interlo- » cuteurs ayant la maladresse de me dérouler » de nouveau les plans du parti, de me rap- » peler que la conquête de la couronne pour » Henri V n'était possible que par la guerre » civile et les secours de l'étranger ; Madame, » de son côté, m'ayant dit qu'elle ne quitte- » rait la Vendée que forcément, et qu'elle » comptait sur un soulèvement général pour » l'ouverture des chambres, j'oubliai la femme » compatissante et malheureuse, pour ne voir » que la princesse ennemie du pays, pous- » sant les citoyens aux armes, et appelant » l'invasion ; je retrouvai toute ma fermeté, » et Madame eût été arrêtée sur l'heure, si

» M. Joly, au milieu de l'obscurité d'une » nuit froide et pluvieuse, n'eût perdu mes » traces (1). »

Deutz aussi a voulu se faire passer pour un *sauveur;* mais la France s'est montrée bien ingrate.

D'autres personnes se trouvaient présentes à cette entrevue, et ces personnes, quelle que soit leur opinion, étaient gens d'honneur et plus dignes de foi que Deutz.

Il n'est pas vrai qu'à cette époque, où l'état des affaires de Madame la duchesse était désespéré, où ses plus zélés partisans étaient dispersés et une grande partie passée en pays étranger, elle ait pu rêver un soulèvement général, dont l'impossibilité même avait été reconnue lors de la prise d'armes du mois de juin.

Il n'est pas vrai qu'elle ait jamais compté sur une invasion étrangère, contre laquelle elle avait toujours hautement protesté (2).

(1) *Arrestation de Madame*, pages 51 et 52.

(2) « Je ne veux pas revenir avec les étrangers. Ils n'atten-

Il n'est pas vrai que, dans cette entrevue, Madame se soit écriée avec humeur : « Je suis » ici et j'y resterai ; je ne veux sortir de » France que morte ou régente (1). » Ces paroles avaient été prononcées effectivement par elle, mais long-temps auparavant.

» dent qu'un moment, vous le savez bien, et le moment est » arrivé ; ils viendront me demander mon fils, non pas qu'ils » s'inquiètent beaucoup plus de lui qu'ils ne s'occupaient de » Louis XVIII en 1813 ; mais ce sera un moyen pour eux » d'avoir un parti dans Paris. Eh bien, alors ils ne l'auront » pas, mon fils, ils ne l'auront pour rien au monde ; je l'em- » porterai plutôt dans les montagnes de la Calabre ; voyez- » vous, M. Berryer, s'il faut qu'il achète le trône de France » par la cession d'une province, d'une ville, d'une forteresse, » d'une maison, d'une misérable chaumière comme celle dans » laquelle je suis, je vous donne ma parole de régente et de » mère qu'il ne sera jamais roi. » (Paroles de la duchesse de Berry. —*La Vendée et Madame*, page 234.)

Le cri de guerre de la duchesse était : *Tout pour la France et par la France*. Et voici ce que lui répondait, à ce sujet, un de ses amis placé dans une haute position : « Que Madame ne » se laisse donc pas éblouir par des paroles flatteuses, sans » doute, mais dépourvues de possibilité, qu'on ne cesse de » répéter : *Tout pour la France*.....

« Un jour viendra peut-être, si on a la patience d'attendre, » où l'on pourra *tout faire par la France*...... Mais ce jour » n'est pas encore venu..... » (Note saisie au château de La Chalière. —*La Vendée et Madame*, page 190).

(1) *Arrestation de Madame*, page 52.

On s'occupait déjà des préparatifs du départ de la duchesse. Elle aurait quitté Nantes le 14 novembre suivant. Voici ce qu'on lit à ce sujet dans un ouvrage dont l'auteur, parfaitement indépendant, avait puisé à bonne source.

« Rien n'avait été plus facile à la duchesse » que de sortir de Nantes ; plus *de cent cin-* » *quante de ses partisans bien connus et* » *gravement compromis, lors de la prise* » *d'armes, avaient quitté la France ;* pas un » seul n'avait été arrêté : la duchesse le savait » bien, elle disait souvent : *Je sortirai quand* » *je voudrai.* »

« Ses amis la pressaient de sortir de France, » *où sa présence ne pouvait plus être utile à* » *sa cause* (1) : pour l'y décider, ils lui re- » présentaient que les chefs de son parti qui » s'étaient le plus compromis pour elle étaient

(1) Parce qu'alors, loin d'un soulèvement général, un mouvement légitimiste dans la Vendée était devenu impossible, et l'arrestation de Madame, opérée si paisiblement, en a donné la première preuve.

» journellement exposés, parce que, attachés
» à sa fortune par leurs engagemens et par un
» sentiment d'honneur, ils ne voulaient pas
» abandonner le pays, tant qu'elle-même
» n'aurait pas quitté la France et pourrait
» courir des dangers. Un moyen assuré avait
» été proposé par M. Guibourg : *le navire*
» *avait été trouvé, accordé, disposé;* enfin la
» duchesse y avait consenti. Elle devait em-
» mener avec elle M. de Mesnard et Petit-Paul
» (mademoiselle Eulalie de Kersabiec). *Cette*
» *décision fut prise le 4 novembre; le jour du*
» *départ fut fixé au 14* (1). »

L'entretien de la duchesse avec Deutz ne dura pas trois heures, comme il l'a dit, mais une heure et demie. Aux paroles affectueuses qu'elle lui avait adressées, il avait paru troublé, et fut long-temps à se remettre. Revenu à lui, il débita sur son voyage en Espagne et sa mission en Portugal un roman artistement tissu de vrai, de faux, et brodant sur ce fond

(1) *La Vendée et Madame*, pag. 350 et 351.

de manière à faire ressortir son inaltérable dévouement à la princesse et à son parti, ses talens diplomatiques et sa haute importance. Il finit par ennuyer la duchesse, qui s'était attendue à des communications d'un plus haut intérêt. Voyant que des questions dont elle le pressait n'obtenaient que des réponses insignifiantes et évasives, elle se leva vivement et le congédia, en lui disant qu'elle n'était pas chez elle, qu'elle était forcée de partir de suite; puis elle ajouta en se retirant et le laissant avec M. de Ménars : *Je suis fâchée, mon cher Hyacinthe, de vous quitter si tôt; au revoir.*

Resté seul avec M. de Ménars, Deutz, revenant sur sa mission en Portugal, lui fit remarquer qu'elle l'avait mis en contact avec des personnes de la plus haute distinction, et, que dans cette position, il avait cru, dans les intérêts mêmes de la duchesse, devoir quitter son nom de Deutz pour celui de baron de Gonzague. En effet, reprit M. de Ménars, à votre arrivée à Nantes, la duchesse et aucun de nous ne pouvaient deviner quel était ce baron de Gonzague qui se disait chargé de dépêches importantes pour Madame; sans cette incertitude, elle vous eût reçu beaucoup plus tôt. Deutz ajouta que, dans les cours étrangères, les lettres et les distinctions étaient indispensables, et il pria vivement M. de Ménars d'obtenir de Madame qu'elle le nommât son plénipotentiaire et au moins baron. Mon cher Deutz, repartit M. de Ménars, dans l'état désespéré où sont les affaires de Madame dans la Vendée, je la crois peu disposée à envoyer un plénipotentiaire et à donner ce titre à personne; quant à celui de baron, il est possible qu'elle ne fasse pas grande difficulté de vous le donner; j'en conférerai avec Madame, et lui ferai part de vos désirs. Deutz se retira en épuisant toutes les formules de dévouement et de reconnaissance.

M. de Ménars ayant rapporté cette conversation à Madame, elle approuva la réponse qu'il avait faite, et s'amusa beaucoup des prétentions de Deutz. « Il veut être mon plénipotentiaire, dit-elle avec sa gaîté ordinaire, » il est fou ; il veut être aussi baron....., » Ménars ? eh bien ! passe pour baron..... » Faisons-le baron. » Telle est l'origine de la baronnie de Deutz.

Quand on a vu Deutz, en Espagne et en Portugal, se donner des titres lui-même, on ne se rend pas facilement compte des motifs qui ont pu déterminer un homme aussi caverneux à les solliciter de la duchesse, au moment où, vendue et à la veille d'être livrée par lui, ils allaient, par sa propre perfidie, devenir entièrement illusoires. On pourrait croire qu'il n'a eu cet entretien avec M. de Ménars que pour chercher à deviner, sur sa bonne et loyale figure, si la duchesse était encore dans la maison ou si elle en était réellement partie, qu'en causant avec M. de Ménars il a jeté un coup-d'œil explorateur sur les localités pour en rendre compte à la police, et qu'il n'a paru solliciter des faveurs de la duchesse que pour éloigner tout soupçon de trahison et se ménager une seconde entrevue.

C'est en sortant de cette audience, où il avait été accueilli comme un ami fidèle et sûr, et où, s'apercevant de l'émotion du traître, elle avait elle-même approché une chaise, l'avait fait asseoir, et lui avait dit avec une bonté si touchante, *remettez-vous mon ami*, c'est quand une voix si affectueuse et si douce retentissait encore à son oreille, que *Deutz eût fait arrêter Madame* SUR L'HEURE, *si, dans l'obscurité d'une nuit froide et pluvieuse, M. Joly n'eût perdu ses traces* (1).

(1) *Arrestation de Madame*, pages 51 et 52.

IV.

Audience demandée. — Refusée. — Madame de la Ferronnays. — Mesures prises par l'autorité. — Deuxième audience. — Lettre à l'encre sympathique. — M. Jauge. — Investissement de la maison Deguigny.

L'insuccès de cette première tentative ne découragea pas Deutz : *Je sentais*, dit-il, *toute l'importance de la capture de Madame* AVANT L'OUVERTURE DES CHAMBRES (1). Ce n'était plus la crainte d'un soulèvement général, ce n'était plus l'invasion étrangère, c'était l'ou-

(1) *Arrestation de Madame*, par Simon Deutz, page 53.

verture des chambres qui mettait en mouvement Deutz, M. Joly, toute la police, les fonds secrets et le conseil des ministres qui, suivant Deutz, se réunissait tous les soirs, attendant avec anxiété des nouvelles de Nantes (1).

Deutz avait quitté la duchesse, convaincu qu'elle ne s'était rendue dans la maison où il l'avait rencontrée que pour lui accorder un entretien. Il croyait avoir reconnu la maison; mais la police était trop adroite pour y faire des recherches qui pouvaient n'avoir d'autre résultat que de rendre la duchesse plus inaccessible. Il fut donc convenu, avec le préfet et M. Joly, que Deutz ferait de nouveau la demande d'une audience, sous le prétexte que le trouble qu'il avait éprouvé en la retrouvant dans une position malheureuse, après une longue absence, lui avait fait oublier des choses de la plus grande importance, qu'il était chargé de lui communiquer.

Il fit demander une seconde entrevue; mais

(1) *Arrestation de Madame*, page 52.

la duchesse, et les personnes qui étaient auprès d'elle, ne pensèrent pas qu'elle dût l'accorder; non par un sentiment de défiance sur Deutz, mais parce qu'étant étranger à Nantes, il devait être observé et pouvait être suivi par la police. On lui fit répondre que les dépêches de la duchesse lui seraient remises, mais qu'elle ne pouvait le revoir.

Deutz alors fit renouveler ses sollicitations auprès de madame de la Ferronays, supérieure de la Visitation, qui avait toute la confiance de la duchesse. Le zèle affecté de Deutz pour la religion et la légitimité trompa cette dame; elle se persuada facilement que, dans l'émotion d'une première entrevue, il avait réellement omis des choses du plus grand intérêt; et elle s'occupa de suite des moyens de lui faire obtenir une seconde audience avec un empressement et un zèle qui prouvaient son attachement à la duchesse; elle se crut heureuse de pouvoir annoncer à Deutz que, le 6 novembre, la duchesse recevrait son fidèle Hyacinthe.

Deutz, s'applaudissant, avec un désir satanique, d'avoir rendu le dévouement et la piété de cette dame complices de sa trahison, courut en informer MM. Duval et Joly.

« Nous *décidâmes*, dit Deutz, que l'on fe- » rait prendre les armes à toute la garni- » son... (1) » Marchez, vieux généraux et officiers de l'empire et de la restauration; marchez, jeunes soldats, dont les cœurs français palpitent encore aux souvenirs d'Austerlitz, d'Iéna, de Wagram, de Friedland et d'Alger, volez à la gloire, et entrez dans la carrière de l'honneur sur les pas de MM. Joly et Deutz : *Deutz l'a décidé!*

Il fut convenu, de plus, qu'une grande revue serait ordonnée pour le 6 novembre, et prolongée jusqu'à cinq heures; qu'alors la troupe rentrerait au quartier, serait consignée dans l'attente de l'événement; que Deutz, à quatre heures et demie, se rendrait au rendez-

(1) *Arrestation de Madame*, par Deutz, page 53.

vous, et que si, à cinq heures, il n'avait point envoyé de contre-ordre, la maison des dames Duguygny serait investie. La revue n'eut pas lieu; mais la troupe fut consignée.

Deutz retourna protester de son dévouement pour Madame, près des notabilités de son parti dans Nantes, en attendant le moment de la livrer.

Madame P..... avait reçu de M. Jauge deux lettres sous enveloppe, avec cette suscription en anglais : *Donnez les lettres ci-incluses à notre ami.* Cette dame, persuadée, par les protestations et le zèle affecté de Deutz, qu'il était l'ami en question, et un ami sûr, les lui remit, en l'invitant à les lire. Deutz ayant rompu le cachet de l'une d'elles, et n'ayant reconnu ni l'écriture ni la signature, pensa qu'elles étaient pour Madame. Deutz voulut donner ces lettres à M. de Bourmont, qu'il vit le 5 au soir; mais comme l'audience devait avoir lieu le lendemain, le maréchal l'invita à les garder pour les remettre lui-même. Dans les *conditions* qu'il dit avoir *faites au gouvernement* (1), Deutz avait *stipulé avec le ministre de l'intérieur, qui se porta fort pour ses collègues..., qu'aucun légitimiste ne serait arrêté par suite de ses rapports avec lui, que M. de Bourmont en particulier pourrait, sans être inquiété, quitter la Vendée et la France* (2); et cependant, en quittant M. de Bourmont, Deutz courut proposer à M. Joly de le faire arrêter: cette proposition ne fut point accueillie, parce que l'arrestation de M. de Bourmont eût inévitablement fait manquer celle de la duchesse.

Le 6 novembre, à quatre heures, Deutz était introduit chez madame; il reconnut les localités et ne douta plus qu'elle ne demeurât dans la maison. Il lui présenta les deux lettres, en s'excusant de l'indiscrétion qu'il avait eue d'en décacheter une; mais elle l'inter-

(1) *Arrestation de Madame*, publiée par Simon Deutz, page 41.

(2) *Idem*, page 42.

rompit vivement, en lui disant avec une extrême obligeance : « Je n'ai pas de secrets » pour vous ; je vais lire cette lettre en votre » présence (1). » Cette missive, décachetée la veille par Deutz, était de M. le marquis de B.....t, qui rendait compte à la duchesse d'une négociation en Espagne ; M. Mesnard, présent à l'entretien, était alors occupé à faire reparaître, à l'aide de réactifs, les caractères d'une lettre à l'encre sympathique, reçue un instant avant l'arrivée de Deutz, et il la rendit à madame la duchesse au moment où Deutz, d'un ton ému et pénétré, débitait un roman qu'il avait préparé, rempli de protestations de son inaltérable dévouement. Cette lettre était de M. Jauge, et la duchesse y lut tout haut « *qu'on lui recommandait de ne négliger* » *aucune précaution, parce qu'on savait, de* » *source certaine, qu'un homme qui avait* » *toute sa confiance l'avait trahie et vendue* » *à M. Thiers pour un million* (2). »

(1) *Arrestation de Madame*, par Deutz, page 55.

(2) *Idem*, page 33.

La duchesse jeta avec insouciance cette lettre sur une table, où elle fut oubliée, et ne fut saisie que trois heures plus tard par M. Joly; elle dit, en se retournant vers Deutz et en souriant : « *Vous avez entendu, Deutz, on me » dit que je serai trahie par quelqu'un en » qui j'ai une entière confiance. Ce ne serait » pas vous?* »

Deutz dit aujourd'hui qu'il répondit sur le même ton, c'est à dire, en souriant : « C'est possible. » Non, Deutz ne répondit point à la duchesse par cette plaisanterie froidement atroce; voici sa réponse exacte, entendue et rapportée par les personnes présentes à l'entrevue et dignes de foi : « *Oh, Madame, » V. A. R. pourrait-elle supposer* UNE PAREILLE » *infamie de ma part!* moi qui lui ai donné » tant de preuves non équivoques de fidélité; » mais en effet on ne saurait prendre trop de » précautions (1). »

(1) *La Vendée et Madame*, page 352.

Deutz, qui prétend aujourd'hui *marcher la tête haute* (1), a de la peine à avouer qu'il a lui-même reconnu que sa trahison envers la duchesse était UNE INFAMIE.

Rien d'ailleurs dans la contenance de Deutz ne put le trahir. La duchesse, comme nous l'avons vu dans le chapitre précédent, avait répondu à M. de Ménars qui l'entretenait des prétentions de Deutz d'être plénipotentiaire et baron : « Il veut être baron? Eh bien! faisons le baron; va pour baron. » Elle voulut elle-même, quand il se présenta à cette seconde audience, lui annoncer cette faveur en lui disant gaîment : « bonjour, M. le baron; » et Deutz s'était épuisé en remercîmens, comme s'il avait mis beaucoup de prix à un titre qu'il savait fort bien ne pas devoir survivre au pouvoir expirant qui le lui accordait; c'était une perfidie de plus employée par Deutz pour éloigner de lui tout soupçon. Il fut éga-

(1) *Arrestation de Madame*, page 43.

lement question, dans cette audience, de l'emprunt qui avait été l'objet de sa mission à Lisbonne; et Deutz, bien convaincu que toute négociation à ce sujet était devenue impossible, n'en persista pas moins à flatter Madame de l'espoir d'un succès; il devait donc repartir pour Lisbonne, et se charger en même temps de lettres pour les sœurs de la duchesse, à Madrid. La duchesse, en le quittant, lui dit : « *Adieu, M. le baron, retournez à votre poste* (1).

Resté seul avec M. de Mesnard, Deutz en profita pour lui demander des fonds, à quoi il lui fut répondu que, si c'était pour se rendre à Paris seulement, on pourrait lui faire compter vingt-cinq louis, mais que, si c'était pour le *grand voyage*, il lui serait donné une lettre de crédit sur une maison de Paris. Ce n'était pas l'affaire de Deutz; il eût préféré avoir des fonds de suite, afin de les empocher, car il prévoyait bien que la lettre de

(1) *Arrestation de Madame*, par Deutz, page 55.

crédit ne serait pas acquittée. Aussi n'insista-t-il plus. Nous rapportons cette anecdote pour que nos lecteurs puissent mieux apprécier *sa moralité, son désintéressement, son patriotisme.*

Deutz avait entendu parler du dîner à la fin de l'entrevue; il avait jeté un coup-d'œil d'observateur dans la salle à manger, et compté sept couverts; mesdemoiselles Duguigny habitaient seules la maison; il ne douta plus que la duchesse n'y demeurât ou ne dût au moins y dîner.

Il courut d'un trait chez le préfet, où il était attendu. Toutes les dispositions étaient prises, depuis le matin 1,200 hommes étaient prêts à marcher; ce nombre avait été jugé nécessaire, parceque, outre qu'il y avait un grand pâté de maisons à cerner, on pouvait craindre une émeute.

Il était environ six heures, le ciel calme, la soirée belle. La lettre qui avait donné l'éveil sur une trahison ne laissait à la duchesse aucun soupçon sur Deutz ; elle se délassait, dans une douce causerie, de la fatigue d'une volumineuse correspondance qui l'avait occupée une grande partie de la journée, quand tout à coup M. Guibourg, placé près d'une fenêtre, vit briller des baïonnettes et aperçut une colonne en marche vers la maison. « Sauvez-vous, madame, sauvez-vous, » s'écria-t-il. La duchesse se précipita vers l'escalier, suivie de ceux de ses amis qu'il importait de cacher. Mesdames Duguigny, de Charette et une demoiselle de Kersabiec restèrent, s'efforçant de maîtriser leur émotion, et de paraître attendre avec calme les suites de cet évènement.

V.

La cachette.—Les reclus.—La duchesse.—MM. de Ménars et Guibourg.—Mademoiselle Stilite de Kersabiec.—La police.—Recherches.—Deutz prisonnier.— Démolisseurs.—Mesdames Duguigny, de Charette, mademoiselle Céleste de Kersabiec.—Charlotte Moreau.—Marie Bossi.— Agonie de seize heures.—La duchesse se rend.—Le général Dermoncourt. Le comte d'Erlon.—Paroles remarquables de la duchesse.—Le château de Nantes.—Fuite de Deutz.— A-compte sur la récompense du *service immense*.

La chambre de la duchesse recélait une cachette dont on lira peut-être avec intérêt la description. La cheminée, placée à une extrémité de la chambre, au lieu de tenir au mur de la maison, était appuyée contre un mur de refend élevé à peu de distance du gros mur. L'espace vide présentait, en largeur, environ quatre pieds; en profondeur, quatorze pouces; en hauteur, cinq pieds deux ou trois pouces. Telle était la cachette, qu'on pourrait appeler une cheminée à double fond. Une plaque de cheminée mobile de douze pouces sur dix, et montée sur des gonds, en fermait l'entrée; ce n'était qu'en se traînant sur ses mains qu'on pouvait y pénétrer; elle avait été plusieurs fois essayée; on ne pouvait s'y placer que par rang de taille.

Elle se trouvait ouverte quand la duchesse entra dans la chambre; «*Allons*, dit-elle, *comme à la répétition.*» M. de Ménars entra le premier, M. Guibourg le suivit, mademoiselle Stilite de Kersabiec ne voulait point passer avant la duchesse, qui lui dit en riant: «*En » bonne stratégie, Stilite, lorsqu'on opère une » retraite, le commandant doit marcher le » dernier.* »

La maison des dames Duguigny avait été cernée par des agens de police, au moment où Deutz y était entré ; en sortant, il avait dit à l'un d'eux que madame y était, et que la porte ne devait pas cesser d'être un seul instant l'objet de leur surveillance. Personne n'était sorti depuis le départ de Deutz et avant l'investissement de la maison ; M. Joly, en arrivant avec toute la police, avait la certitude d'y trouver la duchesse.

Les portes de la maison s'ouvrirent au moment où la cachette se refermait; les commissaires de police venus de Paris, réunis à ceux de Nantes, entrèrent les premiers, précédant la force armée et le pistolet à la main. Ils ne trouvèrent que des femmes effrayées et entièrement inoffensives; l'un d'eux, cependant, en agitant maladroitement son pistolet, le fit partir, et se blessa à la main ; les autres montèrent rapidement les escaliers. Deutz avait fait une description si exacte des lieux, que M. Joly parcourait toutes les pièces, comme s'il eût été un des habitués de la maison ; il remarqua la salle à manger et les sept couverts mis, bien qu'il ne se trouvât que quatre dames. En entrant dans la chambre de la mansarde où la duchesse avait reçu Deutz, M. Joly dit assez haut : « *Voici la salle d'audience.* » Ces mots retentirent jusque dans la cachette, et les malheureux reclus ne doutèrent plus que Deutz n'eût trahi. La duchesse dit, avec un mouvement de satisfaction : « *Au moins, ce malheureux n'est pas Français.* »

De l'argenterie, des bijoux, des vêtemens de femmes appartenant aux demoiselles Duguigny, mais trouvés dans une cachette, ajoutèrent encore à la certitude que la duchesse était dans la maison.

Le préfet, M. Maurice Duval, après avoir pris la précaution d'enfermer Deutz dans un cabinet à la préfecture, arriva pour donner plus d'activité aux recherches. Alors, pas une cloison, pas une armoire qui ne fût ouverte ou enfoncée ; des architectes amenés sur les lieux examinaient les rapports existans entre l'intérieur et l'extérieur de chaque pièce ; la mansarde où se trouvait la duchesse leur parut, moins que toute autre, pouvoir renfermer une cachette.

Les recherches de la police s'étendaient aux maisons environnantes, et ne produisaient aucun résultat ; on fit venir des ouvriers qui se mirent à sonder et à attaquer les murs, les planchers, les cheminées, à coups de haches, de pinces, de mandrins, avec une telle violence, qu'on put croire un instant à la démolition de l'hôtel de mesdemoiselles Duguigny et de deux autres maisons contiguës. Monsieur le préfet, dans un nuage de poussière, se faisait remarquer au milieu des travailleurs, des plâtres, et des débris, donnant des ordres, animant les démolisseurs du geste et de la voix, répondant aux observations de mesdemoiselles Duguigny : « *Les* » *ouvriers qui démoliront la maison seront* » *chargés de la reconstruire* (1). »

(1) *Madame, Nantes*, etc., page 219.

Pendant cet épouvantable désordre, mesdemoiselles Duguigny, gardées à vue, s'étaient mises à table avec madame de Charette et mademoiselle Céleste de Kersabiec; elles s'efforçaient, en mangeant ou en faisant semblant de manger, de diminuer les transes douloureuses dont elles étaient oppressées. La femme de chambre, Charlotte Moreau, et la cuisinière, Marie Bossi, étaient l'objet d'une surveillance particulière de la police ; tous leurs gestes, tous leurs regards étaient épiés ; la dernière fut assez illégalement enlevée et conduite, d'abord au château, ensuite à la caserne de la gendarmerie. N'ayant pu obtenir d'elle aucune déclaration par des menaces, on essaya de la corrompre par de brillantes promesses et par la vue de l'or ; elle répondit constamment qu'elle ignorait où était la duchesse.

Les recherches se prolongèrent sans résultat pendant une partie de la nuit ; les démolisseurs, rendus de fatigues, demandèrent un moment de repos, que M. le préfet leur accorda. Un nombre d'hommes suffisant pour occuper toutes les pièces et garder les issues fut laissé dans la maison; les commissaires de police s'établirent au rez-de-chaussée, et une partie de la troupe fut remplacée par la garde nationale, pour continuer l'investissement de la maison et de tout le quartier environnant.

Le froid était très vif; les gendarmes placés dans la chambre où se trouvait la cachette, voyant une cheminée, allèrent chercher des mottes à brûler; bientôt un feu magnifique éclaira toute la pièce, échauffa le mur de la cachette à n'y pouvoir tenir la main; la plaque devint rouge, et les malheureux reclus se trouvèrent alors dans une véritable fournaise, une espèce de *taureau d'airain*.

La description que j'ai faite de la cachette ne pouvant donner qu'une faible idée des souffrances que durent endurer les quatre prisonniers qui s'y étaient entassés, c'est à l'une des victimes de cette agonie de seize heures (M. Guibourg) que je vais emprunter le récit :

« La nuit se passe au milieu des tortures
» que l'on pouvait à peine adoucir en s'in-
» géniant de mille façons. Les ouvriers n'a-
» vaient pas attendu le retour de la lumière
» pour recommencer leurs travaux. Il sem-
» blait qu'on voulait abattre l'hôtel Duguigny
» et les maisons voisines. Les barres de fer,
» les madriers, frappaient à coups redoublés,
» et l'on ne savait si, après avoir résisté aux
» flammes, Madame ne serait pas écrasée
» sous la pierre.

» Qui le croirait! cette affreuse position
» n'était pas sans charmes pour les trois ser-
» viteurs de madame. Souffrir avec et pour
» une princesse qu'on admire dès qu'on la
» connaît, et à laquelle on appartient pour
» toujours; voir la police entière se consumer
» en vains efforts, pour prendre et livrer au
» pouvoir celle dont naguère elle eût baisé les
» pas; entendre leurs plaintes et leur mécon-

» tentement de ne pas trouver la princesse, » dont la capture était pour l'un la condition » d'un horrible salaire, pour l'autre un gage » de réconciliation, pour tous, peut-être, un » motif de récompenses et d'honneurs, était » une satisfaction qui calmait les brûlures, » faisait oublier la fatigue, la faim.....

» Cependant les gendarmes de garde avaient » cessé d'entretenir le feu; peu à peu l'air » s'était renouvelé, et la plaque attiédie. En » revanche, les recherches paraissaient se » concentrer autour de la cachette. Revenu » dans ce lieu pour la vingtième fois, on bri- » sait un placard, on examinait l'ardoise dé- » rangée qui laissait passer un peu d'air aux » pauvres captifs; on sondait de nouveau le » mur qui les touchait; la cachette retentissait » des coups de marteau qui frappaient autour » de la plaque; le plâtre se détachait; c'en » était fait, lorsque les ouvriers abandonnent » cet endroit si minutieusement exploré. *Non,* » dit tout bas l'un des prisonniers, *ils ne la*

» *trouveront pas désormais ; Dieu veut la* » *sauver ; nous n'avons plus d'ennemis que la* » *fatigue et la faim. Courage,* disait l'illus- » tre mère de....., *ils se lassent de chercher,* » *de briser, et peut-être touchons-nous au* » *terme de notre délivrance.* En effet, les ou- » vriers avaient abandonné une seconde fois » la maison ainsi que les autorités. Les gar- » des s'étaient repliés au rez-de-chaussée ; le » troisième étage n'était plus gardé que par » deux gendarmes, qui se tenaient dans la » chambre de la cachette. Mais cet espoir ne » fut pas de longue durée. Les gendarmes » avaient rallumé le feu ; la plaque, qui n'a- » vait pas eu le temps de refroidir, était de- » venue brûlante une seconde fois ; le mur » ébranlé laissait passer la fumée ; il fallait ap- » pliquer la bouche contre les ardoises pour » échanger une haleine de feu contre l'air » extérieur. Ce n'est pas tout : au danger d'é- » tre asphyxié, venait se joindre la crainte » d'être brûlé tout vif ; le bas des vêtemens

» venait de s'emflammer; déjà cet accident
» était arrivé à la robe de Madame, et l'on
» frémissait à la vue d'un danger si im-
» minent. L'espoir devenait impossible; il
» était remplacé par la conviction qu'on ne
» pouvait plus rester une heure dans cette
» fournaise, sans compromettre les jours de
» Madame. Elle le sentait aussi, mais ne pou-
» vait se résoudre à se livrer elle-même. Son
» grand cœur fut obligé de souscrire à la né-
» cessité; elle ordonna d'ouvrir tout douce-
» ment la porte de la cachette; mais le fer,
» dilaté par la chaleur, résista aux efforts de
» mademoiselle Stilite de Kersabiec, et ne
» céda qu'à des coups de pied répétés de ces
» messieurs.

» A ce bruit inattendu, les gendarmes stu-
» péfaits crièrent : Qui est là? — Vos pri-
» sonniers qui se rendent, répondirent des
» voix de femmes (1). »

Les gendarmes, plus empressés de venir au

(1) *Madame, Nantes*, page 211 et suiv.

secours des prisonniers que satisfaits de leur capture, s'empressèrent d'éteindre le feu et de leur aider à sortir de la cachette. Le premier objet qui s'offrit à leurs yeux fut une femme faible et défaillante, se traînant péniblement sur le foyer mal éteint. Un des gendarmes, qui avait vu la duchesse à Dieppe, affable pour tous, chérie de tous, providence de toutes les infortunes, reine de toutes les fêtes, et entourée de tant de vœux et d'hommages, la reconnut dans ce misérable état, et s'écria, avec une émotion difficile à décrire : « Quoi ! c'est » vous, madame la duchesse? » La duchesse, vivement touchée du son de cette voix amie, lui dit en se relevant : « *Vous êtes Français et militaires : je me fie à votre honneur.* »

Les gendarmes se trouvaient seuls dans la pièce, au moment où la duchesse était sortie de sa cachette ; ils paraissaient si empressés à la servir, qu'elle forma sur-le-champ un projet d'évasion, et leur offrit 40,000 fr. pour la favoriser. Elle voulait passer, de toit en toit, sur les maisons voisines, dans l'espoir d'en trouver une où elle eût pu être reçue et cachée. Les gendarmes enchaînés, par leurs devoirs et effrayés de sa résolution, lui représentèrent qu'outre le danger d'une chute très probable sur des toits aigus, les gouttières, les lucarnes, les cheminées étaient constamment observées, qu'elle serait infailliblement aperçue par des sentinelles placées dans les jardins, et que, ne la reconnaissant pas, on pourrait faire feu sur elle; les amis de la duchesse joignirent leurs prières à celles des gendarmes, et lui firent sentir, non le danger qui ne l'aurait pas arrêtée, mais l'impossibilité de réussir; elle céda et fit appeler le général Dermoncourt. Il se trouvait dans la maison, et arriva peu d'instans après, accompagné de M. Baudot, substitut du procureur du roi, et de quelques officiers. La duchesse s'avança précipitamment vers lui en disant : « *Général, je me rends à* » *vous et me remets à votre loyauté.* — *Madame*, répondit le général, *vous êtes sous la*

» *sauvegarde de l'honneur français* (1).

La duchesse avait la tête nue, les cheveux en désordre et comme hérissés; son visage, quoique pâle, paraissait animé comme si elle avait eu la fièvre; sa robe de napolitaine brune, simple et montant jusqu'au cou, était sillonnée en bas par plusieurs brûlures; elle avait pour chaussure des petites pantoufles de lisière. Le général la conduisit vers une chaise; en s'asseyant, elle lui dit d'un ton bref, accentué, et en lui serrant fortement le bras: « *Général, je n'ai rien à me reprocher; j'ai* » *rempli les devoirs d'une mère pour recon-* » *quérir l'héritage d'un fils* (2). »

Un verre d'eau dans lequel elle trempa ses doigts brûlés, et un peu d'eau sucrée qu'elle avala, la rendirent plus calme.

Sur ces entrefaites, M. le préfet Maurice Duval, qu'on avait fait prévenir, arriva; il

(1) *La Vendée et Madame*, page 369.

(2) *Idem*, page 370.

eut, avec Madame, les *mêmes façons* que celles déjà indiquées dans l'ouvrage de *La Vendée et Madame*. Il sortit pour donner quelques ordres, et rentra peu de temps après pour demander à la duchesse ses papiers. Madame dit de chercher dans la cachette, et qu'on trouverait un porte-feuille blanc qui y était resté. M. le préfet alla lui-même prendre ce porte-feuille, et le rapporta à la duchesse. « Monsieur le préfet, ajouta-t-elle avec » dignité, les choses renfermées dans ce » porte-feuille sont de peu d'importance; » mais je tiens à vous les donner moi-même, » afin que je vous désigne leur destination. » A ces mots, elle l'ouvrit.

— Voilà, dit-elle, ma correspondance.

— Voici, ajouta-t-elle, en tirant une petite image peinte, un *saint Clément* auquel j'ai une dévotion toute particulière, il est plus que jamais de circonstance.

La remise de l'argent eut lieu immédiatement après celle des papiers; il se trouva trente-six mille francs, dont douze mille aux personnes de la suite de la duchesse.

Le comte d'Erlon se présenta alors, et employa près de la duchesse toutes les formes et tous les égards dus à une princesse, et à une femme souffrante et malheureuse.

Le château de Nantes avait été disposé pour recevoir la duchesse; le général Dermoncourt l'en informa, et lui dit que, si elle se trouvait mieux, il serait à propos de quitter la maison Duguigny. Elle demanda un chapeau, jeta un manteau sur ses épaules, prit le bras du général, et donna elle-même le signal du départ, en disant : « *Mes amis, partons.* » Il était alors midi.

En passant devant la mansarde, la duchesse jeta un dernier regard sur la plaque qui était restée ouverte : « *Ah! général*, dit-elle, *si* » *vous ne m'aviez pas fait une guerre à la* » *Saint-Laurent, ce qui, par parenthèse* » (ajouta-t-elle en riant), *est au dessous de* » *la générosité militaire, vous ne me tien-*

» *driez pas sous votre bras à cette heure* (1). »

Il n'y avait qu'un pas de l'hôtel Duguigny au château de Nantes, dont les portes, un moment après le départ, se fermaient sur les quatre prisonniers.

Ce fut en vain que les demoiselles Pauline et Marie-Louise Duguigny, la femme de chambre Charlotte Moreau, et la cuisinière Marie Bossi, demandèrent, supplièrent d'être admises près de la duchesse, dont la position et la santé réclamaient leurs soins ; les portes du château, comme celles de l'enfer du Dante, étaient fermées pour l'espérance au dedans comme au dehors.

Deutz s'était échappé furtivement de Nantes avant l'arrestation de la duchesse, et voici comment : bien qu'il prétende aujourd'hui qu'il n'a jamais demandé d'argent, il est constant qu'il avait déjà reçu à l'avance une somme assez considérable, pour que M. le préfet crût nécessaire de le faire sévèrement sur-

(1) *La Vendée et Madame*, page 376.

veiller ; ce fut par ce motif que M. Joly l'avait accompagné, et ne l'avait pas perdu de vue dans son voyage à Paimbœuf.

M. Maurice Duval, avant de se rendre à l'hôtel Duguigny, avait cru devoir s'assurer de la personne de Deutz, en l'enfermant à double tour dans un cabinet à la préfecture ; l'activité, long-temps inutile des recherches qu'il dirigeait lui-même lui fit complètement oublier que Deutz était en prison et n'avait pas même dîné.

La porte de la pièce où Deutz avait été enfermé était à deux battans, et son noble geolier, préoccupé par l'espoir d'une capture plus importante, n'avait pas eu la précaution de remarquer que celui des deux battans sur lequel venait s'engager le pêne de la serrure pouvait s'ouvrir en dedans du cabinet sans effort et sans effraction : Deutz en avait profité.

Une chaise de poste dans laquelle il devait partir, aussitôt que la duchesse aurait été arrêtée, pour en porter la nouvelle à Paris, était attelée et attendait à la porte de la préfecture; soit frayeur, soit incertitude du résultat des recherches, Deutz, en sortant du cabinet, s'était précipitamment jeté dans la voiture et était parti à neuf heures.

Vers le milieu de la nuit, quand M. Maurice Duval crut nécessaire de laisser un moment reposer ses démolisseurs, il se rappela de son prisonnier, et envoya, pour lui faire donner à manger, M. Joly, qui trouva la voiture partie, les deux battans de la porte du cabinet ouverts, et Deutz évadé à l'insu de tout le monde, emportant avec lui un fort à-compte de la récompense promise pour le *service immense*.

M. Joly revint à la hâte rapporter cette nouvelle au préfet, chez mesdemoiselles Duguigny; son inquiétude et son désappointement étaient visibles, et il s'exprima assez haut sur l'importance de la somme que Deutz emportait, pour être entendu du général Dermoncourt et de tous les assistans.

VI.

Coup-d'œil sur les précédens chapitres.—Opinion sur l'immense service.—Vanité ridicule de Deutz.—Ingrat.—Imposteur.—Traître.—Son portrait par lui-même.—Honte et infamie sur lui.—Ce malheureux n'est pas Français.

Je ne reviendrai point, dans ce chapitre, sur ce que j'ai dit précédemment de Deutz, abusant, à Paris, de la confiance et des recommandations de ses généreux protecteurs; spéculant, à Rome, sur son abjuration; pacotilleur à New-York, et *retrempant ses prétendus principes de liberté civile et religieuse* (1), aux

(1) *Arrestation de Madame*, par Deutz, page 73.

frais de la Propagande; jouant, à Londres, dans la chapelle des émigrés, une des scènes du *Tartufe*, et affublant l'honnête et confiant M. Eugène de Montmorency, son bienfaiteur, du manteau d'Orgon; légitimiste zélé avec mesdames de Bourmont, dans leur voyage en Italie, et avec les amis de la duchesse à Massa; reçu à Rome, comme la brebis égarée, ou plutôt comme l'enfant prodigue, par la *tendre affection* du saint-père; et le suppliant de le recommander aux bontés de la duchesse, de cette princesse si *bonne*, si *grande*, si *miraculeuse*; mais je le retrouverai, revenant de Rome à Massa, se glissant comme un reptile parmi les amis de la duchesse, n'arrivant jusqu'à elle que pour déchirer, plus tard, la main qu'elle lui avait généreusement tendue; et je ne le quitterai qu'à la péripétie de ce que lui-même appelle le *drame de Nantes*.

Recommandé à la duchesse par le saint-père, avec une affection toute paternelle, Deutz revint à Massa, dans les premiers jours d'avril 1832.

La duchesse était alors occupée des préparatifs de son expédition pour le midi de la France. Ses nombreux amis de l'ouest et du midi, et des *hauts fonctionnaires* à Paris, l'appelaient et la pressaient de partir, *la berçant de l'espoir d'un nouveau* 20 *mars et d'un second retour de l'île d'Elbe*. La duchesse, sa petite cour, et Deutz lui-même, partageaient cet enivrement.

Le pape Grégoire XVI avait chargé Deutz de diverses commissions pour l'Espagne et le Portugal, et la duchesse crut pouvoir confier, à l'envoyé du saint-père, ses dépêches et une mission secrète près de don Miguel.

Avant de partir, Deutz prêta un serment à la légitimité. Il paraît, aujourd'hui, qu'il ne s'était pas cru lié, parce qu'en le prononçant il avait fait une restriction mentale. Mais si Deutz fut effrayé plus tard, comme il le dit, des progrès des légitimistes et de la portée de son serment, il devait au moins se retirer ouvertement, et ne pas protester de son dévouement à son parti dans l'intention perfide de le trahir.

Il apprend à Barcelone l'insuccès de la tentative de la duchesse sur Marseille : ses protestations de dévouement à sa cause sont toujours les mêmes; mais déjà il se prépare à l'abandonner.

Chargé par la duchesse d'une lettre autographe pour la reine sa sœur, Deutz arrive à Madrid, et ne la voit pas, parce qu'on la disait *entachée de libéralisme* et *ennemie des jésuites*; mais il va dresser ses tentes dans le camp des légitimistes français et des apostoliques espagnols à la tête desquels marchait don Carlos; il entre même assez dans l'intimité de ce prince pour lui emprunter de l'argent (emprunter est le mot poli); puis il écrit à M. de Montalivet, ministre des fonds secrets (1er juin 1832), lui fait connaître la mission dont il a été chargé par la duchesse, et finit par se *mettre tout entier à la discrétion du gouvernement* (1) ; proposition qu'on peut traduire par ces mots : achetez-moi.

A Lisbonne, Deutz ne va pas, comme il a eu l'impudence de l'avancer, solliciter des secours d'hommes et d'armes ; Don Miguel en cherchait alors lui-même, et il était hors d'état d'en donner. Il va s'occuper d'un projet d'emprunt, et montre tant de zèle pour les intérêts de la duchesse, qu'il reçoit des félicitations de son dévouement aux intérêts de sa majesté très chrétienne (2) ; il apprend, à la même époque (août 1832), par des officiers légitimistes échappés aux combats de Maisdon, de la Caraterie et du Chêne, passés au service de don Miguel, les revers de la duchesse dans la Vendée, et la dispersion de tous ses partisans. Alors il abandonne la cause de la légitimité, de la régente, de sa majesté très chrétienne ; son dévouement au trône de juillet ne connaît plus de bornes ; il écrit de nouveau à

(1) *Arrestation de Madame*, par Deutz, page 33.

(2) *Idem*, page 35.

M. de Montalivet, lui fait sentir l'importance de l'arrestation de Madame, *qui ne peut être exécutée que par un seul homme*, et annonce *que cet homme c'est lui* (1) ! Il se hâte de revenir en France pour rendre au pays ce *service immense*, et se charge officieusement, en partant, des dépêches des légitimistes pour la duchesse : on devine dans quelle intention.

Il repasse par Madrid, et toujours protestant de son attachement et de son admiration pour *sa bonne, sa grande, sa miraculeuse princesse*, il sollicite et reçoit encore les dépêches des apostoliques espagnols et des légitimistes français, avec des complimens de son obligeance, et des félicitations sur l'ardeur de son zèle. Il profite de ces dispositions bienveillantes pour en tirer de l'argent, et l'*ambassadeur* de Madame ne rougit pas d'emprunter vingt-cinq louis au marquis de B.......

A son arrivée à Paris, il court chez M. de

(1) *Arrestation de Madame*, par Deutz, page 38.

Montalivet ; il exagère l'importance des dangers du pays, des révélations qu'il peut faire, et des services qu'il peut rendre ; il se présente comme le Judas Machabée, qui peut seul sauver Israël, l'homme au cœur de lion, le mur d'airain ; il se dévoue aux poignards, il ne demande aucun prix pour le *service immense*. Il avoue aujourd'hui que le ministre lui avait dit : « Quelle que soit la récompense que vous de- » mandiez, je puis vous dire d'avance qu'elle » vous sera accordée (1). » On peut croire qu'alors cette promesse put suffire à Deutz, comme elle eût suffi à beaucoup d'autres.

M. Thiers vient remplacer M. de Montalivet au ministère de l'intérieur, Deutz n'a pas de peine à faire sentir au nouveau ministre *l'importance de la capture de Madame avant l'ouverture des Chambres* (2), et M. Thiers ne paraît pas moins disposé que son prédécesseur à récompenser ses services.

(1) *Arrestation de Madame*, par Deutz, page 40.

(2) *Idem*, page 45.

En sortant des audiences du ministre, Deutz fait des *visites* (visites d'agent secret) aux notabilités légitimistes de la capitale, proteste de son dévouement au parti, offre toujours ses services avec la même obséquiosité, et se charge, avec un zèle infatigable, des dépêches et des commissions.

Précédé du nouveau préfet de la Loire-Inférieure, de M. Joly, commissaire de police, et d'un bataillon d'agens de tout grade, Deutz arrive à Nantes le 22 octobre; il remet à M. Joly vingt-six des dépêches dont nous l'avons vu se charger avec tant d'empressement à Lisbonne, à Madrid, à Paris, reçoit un à-compte sur la récompense promise, et va faire encore des *visites* et jouer son rôle d'observateur, en s'acquittant de ses commissions; passant successivement d'un camp dans l'autre; légitimiste avec M. de Bourmont et le parti carliste, dévoué au trône de juillet et disposé à lui tout sacrifier, tout..., même l'honneur, avec le préfet, M. Joly et tous ses agens.

Ses *visites* chez les légitimistes, la confiance qu'il a su leur inspirer, l'adresse qu'il a mise à s'infiltrer dans leur intimité; des dépêches importantes qu'il a conservées, lui ont enfin donné l'espoir d'arriver jusqu'à la duchesse. Il y pénètre par une perfidie, en est accueilli avec une excessive bonté, et, en la quittant, il court la livrer (6 novembre).

Enfermé à la préfecture, par une mesure de précaution peu flatteuse pour sa prud'hommie, il s'échappe le même jour, à neuf heures du soir, et accourt à Paris recevoir la récompense entière du *service immense*.

Deutz, enrichi, s'est hâté de répudier le catholicisme et de se faire israélite; il a épousé une juive à Londres, et notre pays peut, au moins, se féliciter de ce que ce n'est pas une famille française qui a consenti à s'allier à ce misérable.

Prenant pour l'oubli le silence qu'inspire le dégoût, Deutz ose reparaître aujourd'hui et annoncer qu'il a rendu un *immense service ;* il s'écrie : *Me me adsum qui feci.*

Mais en reconnaissant la réalité du service, et sans même le dégager de l'importance grandiose dont les impostures et les exagérations ridicules de Deutz ont essayé de le décorer, on est toujours forcé de reconnaître et d'avouer que c'est un service de police ; trahir les secrets de son parti, faire le métier d'espion, découvrir la retraite d'un proscrit, l'arrêter, le livrer, sont des services de police ; *mille sots coquins l'ont fait*, et se sont bien gardés de s'écrier : *Me me adsum qui feci.*

Une police qui n'est pas trop turque, qui n'assomme pas, qui n'assassine pas, peut rendre certainement de grands services, et même si l'on veut des *services immenses ;* mais ses espions, ses agens secrets, ses Deutz, en sont-ils pour cela plus honorables et plus honorés, en sont-ils moins vus et repoussés avec mépris ? En existe-t-il cependant un seul à qui l'on puisse adresser les mêmes reproches de perfidie et d'ingratitude qu'à Deutz ? En est-il un seul à qui Deutz osât tendre sa main flétrie sans la voir repousser avec dégoût ?

On suit avec intérêt, avec bonheur, et l'œil humide, miss Macdonald portant à Charles Édouard des secours et des habits pour échapper aux vengeances de George Ier ; le cœur se soulève, quand on voit ce lâche Peterson, cet indigne ami de Gustave-Wasa, partir secrètement, comme un Deutz, pour trahir le libérateur de la Suède, et le livrer, dans l'espoir d'une récompense, aux agens de Christiern II.

Si on veut s'en rapporter à Deutz, il persuadera qu'il n'a cédé qu'à une sainte et grande pensée de patriotisme et d'humanité. Il voulait faire *arrêter la duchesse saine et sauve, sans qu'il en coûtât à elle un seul cheveu, et aux hommes de son parti une seule goutte de sang* (1). Deutz, qui nous raconte qu'il a été plénipotentiaire et diplomate, sait sans doute un peu d'histoire ? Ignore-t-il que, dans

(1) *Arrestation de Madame*, par Deutz, page 44.

les jours d'orage, les ministres ne peuvent promettre ce qu'il n'est pas même au pouvoir des rois de tenir? Charles Ier, en apprenant que la vie de son ministre Strafford était menacée, avait dit aussi : *On ne touchera pas un seul cheveu de sa tête!* et, peu de jours après, le malheureux Strafford, marchant au supplice, s'écriait : *Nolite confidere in principibus, in filiis hominum in quibus non est salus* (1).

Quant aux partisans de la duchesse, Deutz ajoute *que la police les fit chercher là où elle savait bien qu'ils n'existaient pas* (2). L'aveu est passablement indiscret; mais la brochure de Deutz répand un tel parfum de police, il donne tant d'éloges à tous les individus qui en font partie, ces éloges expriment tant de dévouement et de reconnaissance pour la police, qu'elle lui pardonnera cette naïveté.

(1) « Ne vous fiez ni aux princes ni aux fils des hommes, avec lesquels il n'est point de sûreté. » (PSALMISTE.)

(2) *Arrestation de Madame*, par Deutz, page 58.

Si Madame n'a pas perdu un seul de ses beaux cheveux, si la police a cherché ses amis où elle savait très bien qu'ils n'existaient pas, Deutz prétend que c'est à lui qu'on le doit; mais si Deutz a été pour quelque chose dans les turpitudes de l'époque, il a eu du moins le bon esprit de ne pas s'en vanter.

Deutz a prétendu qu'il ne s'était jamais mis *aux enchères des ministres*. Il était bien inutile de mettre aux enchères un homme qui venait de si loin et si gracieusement s'offrir. La haute police ne fait point de marchés avec ses agens; quand on s'est livré à elle en trahissant son parti, et se faisant son agent secret en devenant *ses os et sa chair*, en lui livrant des dépêches interceptées, en faisant ou lui faisant faire une arrestation capitale, elle gratifie ou récompense d'après l'importance des services rendus, et quand il s'agit d'un service immense, la récompense est magnifique. La haute police n'avait sûrement fait aucune stipulation pécuniaire avec les autres agens employés comme Deutz à l'arrestation de la duchesse; mais tous auront été généreusement récompensés. Quand les indiscrétions des hauts personnages, la lettre de M. Jauge, publiée par Deutz lui-même, l'opinion générale, les journaux, les brochures et le simple bon-sens ont accusé Deutz d'avoir reçu, pour prix de sa trahison, une somme de cinq cent mille francs au *minimum*, pense-t-il prouver le contraire en disant : Je n'ai rien stipulé, rien demandé? Ne s'est-il pas vendu à la police, en écrivant de Madrid, au ministre des fonds secrets, le 1er juin 1832, pour lui faire connaître le secret de sa mission et se mettre tout entier à la discrétion du gouvernement? ne s'est-il pas vendu en écrivant de Lisbonne au même ministre (août 1832), pour lui proposer l'arrestation de la duchesse et solliciter l'honneur de l'exécuter? ne s'est-il pas vendu en interceptant des lettres pour les livrer à la police? ne s'est-il pas vendu en faisant à Madrid, à Lisbonne, à Paris, à Nantes, le vil métier d'espion, et en livrant enfin sa bienfaitrice aux agens de l'autorité?

Qu'importe qu'un pareil homme vienne dire aujourd'hui : Je n'ai rien stipulé, rien demandé? En admettant même qu'on pût s'en rapporter à Deutz, ces mots prouveraient-ils qu'il n'a pas reçu le honteux salaire de sa perfidie ? Ose-t-il dire dans son pamphlet qu'il ne l'a pas reçu ?

L'importance que Deutz a voulu se donner, bien qu'elle ne soit que ridicule, mérite cependant qu'on en dise un mot : de quelles *têtes couronnées* Deutz a-t-il donc été le *conseiller et l'ami?* Est-ce du pape Grégoire XVI, qu'il a si mal payé de sa *tendre affection?* est-ce de la reine d'Espagne, qu'il n'a pas voulu voir à Madrid, parce qu'on la disait *entachée de libéralisme et ennemie des jésuites*, et qu'alors il jouait le rôle d'ultra-légitimiste? est-ce de don Carlos, qu'il n'a vu que pour lui emprunter de l'argent? est-ce de don Miguel, dont il n'a pu obtenir qu'une seule audience? est-ce enfin de la duchesse, dont il oserait dire aujourd'hui avoir été le *conseiller et l'ami?*

Il s'est dit *ambassadeur de Madame, plénipotentiaire, anobli, baron;* mais c'était lui-même qui s'était libéralement donné tous ces titres.

On a vu l'opinion de *Madame* sur son plénipotentiaire, l'origine illustre de sa noblesse, et comment, après en avoir usurpé le titre, il avait été nommé baron : *va pour baron.*

On pourrait dire, au petit baron improvisé, comme Philippe le Bel à Boniface VIII, *sciat maxima tua fatuitas;* que si tu as momentanément occupé une position brillante, à laquelle, sortant de ton atelier, tu n'aurais jamais dû prétendre, tu la devais à la trop facile bonté de la duchesse; elle seule pouvait te la conserver; tu n'as point fait le sacrifice de cette position; elle t'échappait. Tu as voulu t'en faire une nouvelle sur un autre terrain, et ce terrain était de la boue.

Nous avons vu Deutz devenir apostat pour se faire une position; s'efforcer de la conserver par l'intrigue et l'hypocrisie; s'attacher à un parti tant qu'il a cru à son triomphe; vendre ce parti à la police, quand il l'a vu prêt à succomber, et s'y vendre enfin lui-même. Tombé dans cette sentine de toutes les immoralités, de toutes les prostitutions, nous allons le voir reculer toutes les limites connues de l'imposture, de l'ingratitude et de la trahison.

Arrivant de Barcelone, où il avait appris l'échec de Marseille, l'imposteur se fait, de sa propre autorité, plénipotentiaire, ambassadeur, diplomate, conseiller et ami de plusieurs têtes couronnées, anobli, baron; il sait que, paré de tous ces oripeaux, il sera mieux accueilli des légitimistes français, et des apostoliques espagnols, et se vendra plus cher à la police française, qui, pour les barons, les diplomates et les amis des princes, a d'autres tarifs que pour les forçats libérés. Il se lance d'abord parmi les apostoliques et les légitimistes; et, pour garantie de son dévouement à leur parti, il leur emprunte de l'argent; puis, en même temps, il écrit à M. de Montalivet, lui rend compte de la mission que lui a confiée la duchesse, de ce qu'il a observé dans les camps des apostoliques et des légitimistes, et *se met tout entier à la discrétion du gouvernement* (1er juin 1832) (1). Ces dispositions prises, il attendra les évènemens, remplira les fonctions d'observateur politique, qu'il s'est données, et prendra des notes.

A Lisbonne, il apprend, par des officiers légitimistes échappés aux combats des 4, 5 et 6 juin dans la Vendée, que la cause de la duchesse est entièrement perdue, que ses partisans sont tués ou dispersés. Il n'hésite plus : il s'est déjà mis à la discrétion du ministre des fonds secrets; il lui propose alors d'aller lui-même livrer la duchesse (août 1832). L'imposteur joue d'ailleurs si bien son rôle, qu'il reçoit en même temps de l'archevêque d'E-

(1) *Arrestation de Madame*, page 32.

vora, ministre de don Miguel, des félicitations de son dévouement à S. M. très chrétienne (Henri V), et que les légitimistes, à Lisbonne, et à son passage à Madrid, s'empressent de le charger de leurs dépêches pour la duchesse, qu'il livrera à la police.

Arrivé à Paris, Deutz court chez le ministre; mais il traite en diplomate, et fait ses conditions : il fait sentir qu'*il sacrifie sa brillante position et ses espérances plus brillantes encore* (1). *Homme de courage et d'exécution, tenace dans ses résolutions* (2), *accoutumé à mépriser le danger* (3), *il sacrifie à sa conviction de citoyen son intérêt d'homme* (4). *Il a parcouru trois cents lieues* pour livrer la duchesse. *Le voyage n'était pas sans péril*, dit-il, *mais j'avais déjà bravé tant d'autres dangers*... Toutes ces ridicules fanfaronnades accusent la poltronnerie de l'imposteur

(1) *Arrestation de Madame*, page 74.
(2) *Idem*, page 20.
(3) *Idem*, page 43.
(4) *Idem*, page 30.

qui les débite, et qui, ayant voyagé sous la protection des divers partis qu'il servait ou trahissait, n'avait pu avoir d'autre inquiétude que celle de verser en route.

Pour donner plus d'importance à sa trahison, Deutz s'écrie : *La Vendée est en feu ; le jour de l'insurrection générale est fixé ; l'invasion étrangère doit venir en aide à la guerre civile* (1). Je veux rendre au pays un *service immense* (2). Le ministre spirituel et gai à qui Deutz avait affaire a dû bien rire de ces déclarations emphatiques ; mais il a pensé, comme Figaro, qu'il est des cas où l'on peut tirer parti de la vanité d'un sot ; malheureusement les sots sont indiscrets, et Deutz a diminué de beaucoup l'essentialité de l'*immense service*, en disant : « *Je sentais toute » l'importance de la capture de Madame » avant l'ouverture des chambres* (3). »

(1) *Arrestation de Madame*, page 74.
(2) *Idem*, page 3.
(3) *Idem*, page 53.

« *On a beaucoup parlé,* dit Deutz, *des* » *conditions que j'avais faites au gouverne-* » *ment* (1). » Ici l'homme de la police paraîtrait avoir dicté ses conditions à ses maîtres, mais oublie que lorsqu'il prenait encore le titre d'ambassadeur, *il s'était déjà mis tout entier à leur discrétion.* Il paraît, au reste, que, s'il a fait des conditions, il n'a pas tenu excessivement à leur exécution. Une de ces conditions portait que *M. de Bourmont, en particulier, pourrait, sans être inquiété, quitter la Vendée et la France* (2), et, la veille de l'arrestation de Madame, Deutz, en quittant M. de Bourmont, le 5 novembre au soir, indiquait sa demeure à M. Joly, et offrait de le faire arrêter. L'arrestation n'eut pas lieu, parce qu'on craignit, avec raison, qu'elle ne fît manquer celle de la duchesse.

J'abrége ce résumé, trop long peut-être, mais cependant fort incomplet, des impostures

(1) *Arrestation de Madame*, page 41.
(2) *Idem*, pag. 42.

de Deutz, pour le terminer par une des plus audacieuses. Il *n'a cédé*, dit-il, *ni à l'appât de l'or, ni à la séduction des récompenses* (1). Si l'on veut s'en rapporter à sa véracité, il faudra croire que Deutz, sans fortune, sans ressources du côté de sa famille, réduit à vivre d'emprunts et d'intrigues, à Madrid et à Lisbonne, comme il a vécu d'aumônes à Rome, *se sera mis tout entier à la discrétion* du ministre des fonds secrets, pour faire, en amateur, pendant cinq mois, le noble métier d'agent de la haute police; qu'il lui aura remis gratuitement les dépêches interceptées, dont il avait été chargé pour la duchesse; que sa délicatesse (la délicatesse de Deutz) aura reculé, avec horreur, devant un or corrupteur, trop souvent mouillé de larmes, trop souvent taché de boue et de sang; et qu'il aura même subvenu généreusement à toutes les dépenses de voyages et autres dépenses secrètes qu'auront exigées les fonctions d'espion qu'il a remplies à Madrid, à

(1) *Arrestation de Madame*, page 75.

Lisbonne, à Paris, à Nantes, avec tant de zèle, d'adresse et de bonheur. Alors il y a eu combat entre le désintéressement de Deutz, qui n'a rien demandé, et la générosité de la haute police, qui a beaucoup offert et beaucoup donné. Deutz, en s'échappant à Nantes, comme un malfaiteur, du cabinet où le préfet avait jugé prudent de l'enfermer, emportait déjà un fort à-compte sur le *service immense*, et a reçu plus tard le reste à Paris; la haute police n'en a fait un mystère pour personne; et Deutz, avec son audacieuse effronterie, dit bien qu'il n'a rien demandé, mais n'ose dire qu'il n'a rien reçu.

L'ingratitude de Deutz n'a laissé à tous ses hauts protecteurs que la confusion d'avoir été ses dupes, et le regret bien amer de s'être rendus, en quelque sorte, par leurs bontés aveugles, et la confiance qu'ils lui ont imprudemment accordée, les complices de sa trahison. Il devait à la duchesse *une position brillante, et des espérances plus brillantes en-*

core (1), et il l'accuse, il la calomnie. Il a, dit-il, parcouru pour elle, pendant sept mois, l'Italie, l'Espagne, le Portugal, et n'a pas même réclamé ses frais de voyage; et, parti de Massa dans les premiers jours d'avril 1832, il la trahissait en se mettant tout entier à la discrétion du gouvernement de juillet, le 1er juin 1832, avant d'avoir pu même s'occuper de la mission dont elle l'avait chargé pour Lisbonne; en arrivant à Paris, pour livrer la duchesse qu'il avait trahie et vendue, il se présentait chez M. Jauge avec le compte des dépenses d'une mission si loyalement remplie, et recevait au moins un à-compte. Aujourd'hui, il ne voit dans la duchesse que *la princesse ennemie du pays..., appelant l'invasion étrangère*, quand il est prouvé, par une note saisie au château de La Chalière, et devenue monument historique, *qu'elle voulait tout faire par la France et pour la France* (2). Il ne

(1) *Arrestation de Madame*, page 74.

(2) Note saisie à La Chalière. — *La Vendée et Madame*, pages 189 et 190.

se souvient plus des preuves de bonté, d'intérêt, de confiance affectueuse dont il été l'objet; il a oublié *sa position brillante*, *ses espérances plus brillantes encore*, et à qui il les devait : *la duchesse n'a eu pour lui, ni bienfaits, ni faveurs* (1). Il s'interroge et répond : *Devais-je à la princesse quelque reconnaissance* (2)? Il la vend, il la livre, et s'écrie : *me me adsum qui feci* (3)!

Traître : Deutz fait des protestations de dévouement à un parti, il en surprend les plans, les projets; il prête serment, livre le secret de sa mission, et se met tout entier à la disposition de la police.

Il proteste toujours, néanmoins, de sa fidélité à son serment, au parti qu'il a trahi, à la mission qu'il avait acceptée, et il trompe ainsi ses anciens amis, s'empare de leurs secrets, intercepte leurs dépêches; il fait ce vil

(1) *Arrestation de Madame*, page 63.
(2) *Idem*, page 70.
(3) *Idem*, page 1.

métier d'observateur et d'agent secret pendant cinq mois, pour découvrir la retraite de sa bienfaitrice, la vendre et la livrer!

Il découvre enfin son asile; il y pénètre, et, pour éloigner tout soupçon de trahison, il ne se borne pas à ses protestations accoutumées de dévouement; par un raffinement de perfidie dont lui seul est capable, il sollicite de sa bienveillance de nouvelles faveurs, dont la connaissance sera, dit-il, la dette de toute sa vie; puis il court avertir la police et la livre, en la quittant, et au moment où, toujours affectueuse et confiante, elle vient de l'accueillir avec une ineffable bonté.

Comment Deutz, dans son impertinente apologie, ne s'est-il pas aperçu qu'il traçait de lui-même un portrait frappant et d'une hideuse vérité, en écrivant ces mots : « Misé-» rable sans pudeur et sans foi, sollicitant la » confiance d'une femme pour la trahir, ten-» dant la main au bienfait, et livrant avec

» ingratitude sa bienfaitrice, la livrant à prix » d'argent, et ramassant dans la boue le sa- » laire honteux de sa perfidie (1)! »

Comment un frisson cadavéreux n'a-t-il pas glacé son sang, en prononçant lui-même son arrêt : « Honte et infamie sur lui!... (2) »

Pendant la douloureuse agonie de la duchesse dans sa cachette en feu, elle disait avec satisfaction et bonheur : « Au moins, ce mal- » heureux Deutz n'est pas Français! » Recueillons pour l'histoire, et avec un respect religieux, ces paroles toutes françaises. Non! ce misérable n'est pas Français; il n'a pu même trouver en France un asile, une famille; poursuivi par un signalement accusateur, il a fui chez l'étranger. Il a fui comme l'assassin du tableau populaire de Prudhon, l'œil hagard et sanglant, les cheveux hérissés, pressant avec effroi, contre sa poitrine desséchée, où jamais

(1) *Arrestation de Madame*, page 72.

(2) *Idem*, page 74.

ne battit un cœur d'homme, le salaire honteux de sa perfidie ; et n'osant lever un regard d'espérance vers le ciel, dont elle a armé contre lui la justice et la vengeance.

FIN.